www.tredition.de

AF177068

Christoph Kohlhöfer ist gebürtiger Hesse, studierte
Medien- und Literaturwissenschaften und lebt als freier
Texter und Redakteur in Hamburg.

CHRISTOPH KOHLHOEFER

AXIALSPANNUNG

Roman

www.tredition.de

© 2019 Christoph Kohlhöfer
Umschlag, Layout: Tina Polster,
Paulinenplatz – Raum für Gestaltung

Die Handlung und die Figuren dieses Romans sind fiktional.
Jede Ähnlichkeit mit realen Personen oder Begebenheiten ist
rein zufällig und nicht beabsichtigt.

Verlag & Druck:
tredition GmbH, Halenreie 40-44, 22359 Hamburg

	ISBN
Paperback	978-3-7497-2721-6
Hardcover	978-3-7497-2722-3
e-Book	978-3-7497-2723-0

Das Werk, einschließlich seiner Teile, ist urheberrechtlich
geschützt. Jede Verwertung ist ohne Zustimmung des Verlages und des Autors unzulässig. Dies gilt insbesondere für die
elektronische oder sonstige Vervielfältigung, Übersetzung,
Verbreitung und öffentliche Zugänglichmachung.

„und ich bin immer nach oben gelaufen
und ich kam immer unten wieder raus
und rat mal, wer da schon alles bereitstand
die Angst, die Armut, die Dämonen, ja, so sieht's aus
aber ich geh mal eben hier raus auf die Rampe"

daantje & the golden handwerk, „Rampenlied"

eins

Als der Himmel einem Klosett ähnelt und kleine Fäden absondert, die in der Düsternis nur durch die Scheinwerfer der Autos sichtbar sind, ist es Mittwoch. Ich sitze im Stadtbus Nummer drei.

Was mich besonders an Ihrer Institution interessiert, sind ihre abwechslungsreichen Strukturen, die auf ein innovatives und kreatives Team hinweisen.

„Guck dir doch die Schlampe an, digga".

Ich konzentriere mich auf Vorstellungen und Vorstellungsgespräche.

Vielen Dank, dass Sie mich eingeladen haben. Auch ich freue mich, Sie näher kennen zu lernen.

„Echt? Die is ja krass!"

Das Mädchen schräg rechts neben mir redet mit ihrer Freundin. Sie tragen Schulrucksäcke auf ihren Schultern. Die Angesprochene hat ihr blondes Haar zu einem Pferdeschwanz gebunden und wendet mir den Rücken zu.

Ich verfolge die Arbeit Ihres Unternehmens schon seit geraumer Zeit.

„Ja, megakrass!"

Sollten Pädagogen an die Börse? Mit Börse kenne ich mich nicht aus. Für Aktien habe ich kein Geld. Auch für den Bus nicht. Die Rechtfertigung des Fahrpreises erschließt sich mir nicht. Der Bus ist brechend voll und stinkt nach kaltem Schweiß und Alkohol. Irgendwie müssen die Leute zu ihren Arbeitsplätzen kommen, aber es wirkt, als seien wir Schlachtvieh aus Osteuropa auf dem Weg zur Wurst.

„Obermegakrass!"

Beim Aufstehen kämpfe ich mich durch Körperdüfte und Mundgeruch bis ich endlich draußen in der Fadenpisse stehe.

Meine Schneider heißen Hennes und Mauritz. Das heißt, wenn man es ganz genau nimmt, dann schneidern die beiden ja nichts mehr, sie lassen schneidern. „Lassen" ist das beste Wort, das deinen finanziellen Status beschreiben kann. Ich lasse kochen, ich lasse putzen, ich lasse einkaufen und nicht zu vergessen: Ich lasse fahren. Aber natürlich den eigenen Wagen, nicht den Stadtbus. Genug Fahrer finden sich immer. Oder eben Schneider. Zum Beispiel in Indien oder Vietnam. Das sind alles Arbeitsbienen. Fleißig und diszipliniert. So wie wir es einmal waren, sagt man. Heute sei das nicht mehr so, sagt man. Eine schnelllebige Zeit. Ich gehöre zu den Gewinnern, sagt man. Ich trage eine schwarze Nadelstreifenhose der Marke Divided. Sie ist etwas dünn, wie alles von H&M.

Aber sie sieht gut aus. Und mit meiner schwarzen Nadelstreifenhose der Marke Divided stehe ich an der Kreuzung vor der Ampel und werde nass.

Und wie ich da so stehe, springt mich die fiese Fratze Aufregung an. Man stellt sich ja nicht jeden Tag vor. Oder vielleicht auch doch, dann aber immer auf eine andere Art und Weise und eher so beiläufig. Und vielleicht sind die beiläufigen Vorstellungen ja auch die ehrlichen. Es gibt Menschen die bereiten sich auf Vorstellungsgespräche vor, als würden sie zu Günther Jauch gehen. Auf jede Frage eine Antwort, alle Möglichkeiten schon durchgespielt. Das gefällt dem Arbeitgeber. Er kann sagen, „Der Junge hat Profil!".

Wenn Sie etwas zu trinken angeboten bekommen, sagen Sie „Ja, gerne", trinken während des Gesprächs aber nichts.

Es gibt dicke Ratgeber zu dem Thema mit Titeln wie ,Fangfragen im Vorstellungsgespräch souverän beantworten', ,Das perfekte Vorstellungsgespräch', ,Die 100 häufigsten Fragen im Vorstellungsgespräch', ,111 Arbeitgeberfragen im Vorstellungsgespräch', ,Erfolgreich im Vorstellungsgespräch', ,Das erfolgreiche Vorstellungsgespräch' oder eben einfach ,Das Vorstellungsgespräch'. Die Logik dahinter ist mir nicht schlüssig. Ich stelle mich mit angelesenen Charaktereigenschaften vor, damit sich mein potenzieller Arbeitgeber ein Bild von mir machen kann, von dem ausgehend er meiner „Persönlichkeit" eine bestimmte Arbeit anvertraut.

Ich ziehe den Zettel mit der Aufschrift Celsiusweg 35 aus meiner Hosentasche und lese „Celsiusweg 35". Auf dem Straßenschild gegenüber steht ‚Celsiusweg'.

Nur eine Antwort, alle Möglichkeiten bereits durchgespielt.

Wie gut ich mich in dieser Stadt auskenne! Ich finde aber auch jeden Ort! Mit solchen Gedanken versuche ich mich selbst aufzubauen. Ich bin schon stolz, überhaupt hier im Regen zu stehen. Wenn man gebraucht wird, sagt man nicht „nein". Und als die Ampel grün wird, springe ich in eine Pfütze.

Die Rezeptionsdame der Agentur M & H & b/w schaut mich mitleidsvoll an. Als würde ich Hilfe benötigen. Sie soll sich nicht so weit aus dem Fenster lehnen, denke ich. Kein Grund für Arroganz, denke ich.

Ich stehe vor Frau Zeulner, wie mir das Namensschild neben dem Blumenstrauß auf dem Rezeptionsvorbau mitteilt, und habe scheißkalte Füße.

„Hallo, ich habe um 17.00 Uhr einen Termin mit Herrn Wasniek", sage ich.

„Um was geht es denn?", schießt mich Frau Zeulner grinsend an.

Ich möchte sie fragen, ob das für ihre Terminfindung im Agenturkalender wirklich von Bedeutung ist und warum sie dabei so grinst.

„Vorstellungsgespräch!", sage ich.

Bei Frau Zeulner bin ich bereits durchgefallen. Sie rechnet nicht damit, dass ich ein zukünftiger Kollege sein könnte. Ihr unterdrücktes Lächeln steigt noch an. Bald zeigt sie mir ihre nachgeweißten Zähne.

Nur eine Antwort, alle Möglichkeiten bereits durchgespielt.

„Nehmen Sie bitte noch einen Moment Platz. Sie können gleich rechts hier um die Ecke warten. Herr Wasniek wird Sie dann abholen."

Ich setze mich auf einen schwarzen Ledersessel ohne Armlehnen. In den Wänden des Flurs, in den ich schaue, sind überall Glaselemente eingearbeitet, so dass man in die Büros hineinsehen kann. Die kompletten Vorräume sind in einem dezenten Braunton gehalten, alles fein aufeinander abgestimmt. Ich beginne zu zittern. Vielleicht wegen meiner nassen Füße. Vielleicht auch nicht. Die Kälte beginnt an meinen Beinen hinaufzukriechen. Meine Hose der Marke Divided hat sich an meine Schienbeine und Waden geklebt.

Vor mir steht ein ovaler Mahagonitisch. Ich streiche mit den Fingerspitzen meiner rechten Hand über die Tischplatte. Ein gutes Stück Regenwald.

„Guten Tag!"

Ein Mann mit orangefarbener Trainingsjacke, Jeans und Adidas-Schuhen, Modell Samba, steht vor mir.

„Ist es nicht mittlerweile verboten, Mahagoni-Bäume zu fällen?", frage ich etwas leiser.

„Wie bitte?"

Meine Lippen speien Laute aus.

„Mahagonis stehen nur vereinzelt im Regenwald. Um einen einzigen zu fällen, muss eine so genannte Transportschneise in den Wald geschlagen werden. Das ist nicht nur viel Arbeit, sondern auch eine Menge Holz. Ich dachte nur, es sei nicht ganz, äh, zeitgemäß solche Tische aufzustellen."

„Nun, ich denke, der Tisch steht schon ziemlich lange hier…. Das können Sie sich bestimmt denken."

„Ja, mhm, sicher doch."

„Ich bin Daniel Wasniek. Sie haben jetzt einen Termin bei mir. Kommen Sie doch erstmal mit in unser Konferenzzimmer."

Nur eine Antwort, alle Möglichkeiten bereits durchgespielt.

In plötzlich eingetretenem komatösem Zustand stehe ich auf. Ich reiche ihm die Hand und beginne, ein penetrantes Lächeln auf mein Gesicht zu legen. Ein weiteres Bedürfnis stellt sich ein: Raus, immer nur raus an die frische Luft. Mein Kopf fühlt sich an, als wäre ich im Fieberwahn. Ich folge ihm durch den dezent braunen Flur. Dann öffnet Herr Wasniek eine Tür, und ich gehe an ihm vorbei in den Raum. Aus dem Augenwinkel bemerke ich, wie Herr Wasniek mich mustert und dabei kurz an meiner nass angeklebten Nadelstreifenhose hängen bleibt. In der Mitte des Raumes steht ein schwarzer rechteckiger Tisch mit 15 Stühlen rundherum. Ich setze mich auf einen Stuhl, der in der Mitte einer Seite steht. Herr Wasniek setzt sich an den Tischkopf.

„Kommen Sie doch ein Stückchen näher zu mir!"

„Ja, selbstverständlich!", versuche ich betont unverkrampft zu antworten.

Ich setze mich näher an Herrn Wasniek heran, lasse aber einen Stuhl Sicherheitsabstand zwischen uns.

„Möchten Sie vielleicht einen Kaffee?"

Von Kaffe bekomme ich eine rege Magen-Darm-Funktion. Keine Viertelstunde und ich werde gezwungen sein, der Toilette einen Besuch abzustatten. Mein Rezept gegen Verstopfung: Kaffee.

„Ja, gerne!"

Herr Wasniek drückt auf einen Knopf der Sprechanlage, die vor ihm auf dem Tisch steht und bittet Frau Zeulner, uns zwei Tassen Kaffee zu bringen.

„Nun, um eines vorwegzunehmen: Das Volontariat, auf das Sie sich beworben haben, mussten wir wieder streichen. Als wir die Stelle ausgeschrieben haben, sind wir von einer Auftragslage ausgegangen, die sich anschließend wieder änderte."

Er macht eine kurze Pause, damit sich seine Worte in meinem Kopf besser festigen können.

„Was wir Ihnen aber anbieten können, ist ein sechsmonatiges Praktikum in unserem Haus. Und ich möchte nicht ausschließen, dass sich im Anschluss an das Praktikum, je nach Auftragslage, möglicherweise ein Volontariat ergibt."

An dieser Stelle wird er von Frau Zeulner unterbrochen, die den Raum betritt. Sie stellt ein Tablett mit zwei Tassen Kaffee, einer Kanne Milch und einem weißen Keramikbehälter, in dem sich Zucker befindet vor uns auf den Tisch. Für einen Bruchteil von Sekunden treffen sich unsere Blicke. Ihr Ich-Habe-Es-Dir-Doch-Gesagt-Blick versetzt mir einen Stich in der Brust. Ich muss kurz husten. Herr Wasniek deutet ein Kopfnicken an. Frau Zeulner verlässt den Raum.

„Da Sie jetzt unsere Situation kennen, liegt es natürlich an Ihnen zu sagen, ob Sie unter diesen Umständen noch Interesse an unserer Agentur haben."

„Mmhh, ja doch!", stoße ich hervor.

Herr Wasniek trinkt seinen Kaffee schwarz und ohne Zucker.

Er gibt mir noch zwei Sekunden, in denen ich drei Löffel Zucker und reichlich Milch in meinen Kaffee gebe. Als ich zum Trinken ansetze, beginnt Herr Wasniek erneut:

„Sie haben also eine Vorliebe für Bäume?!"

Ich verschlucke mich leicht am Kaffee.

Ich muss wohl etwas antworten.

„Doch, ja, ich mag Holz. Also man braucht ja auch viel Papier ... jeden Tag Zeitung lesen ... Ich meine, ein Baum ist schon ein, nun, wichtiger Rohstoffspender."

Ich grinse ihn übertrieben freundlich an.

„Ja, da haben Sie wohl recht. Erzählen Sie doch erst einmal etwas über sich!"

Meine Lippen verlässt ein sorgsam einstudierter Text.

Vorbereitet.

Auswendig gelernt.

Hören Sie, ja, ich bin dieser Mensch.

Nach meiner Ausführung hat Herr Wasniek wohl noch Fragen: „Sie kommen also ursprünglich aus Hessen. Sind Sie der Heimat noch sehr verbunden?"

Ich verstehe die Frage nicht.

„Deutscher Meister wird nur die SGE!", sage ich.

Ich habe keine Ahnung für was die Abkürzung SGE steht. Herr Wasniek grinst.

„Viel Erfolg hatten die ja nicht gerade in der letzten Zeit, aber vielleicht können Sie mir von Ihren persönlich größten Erfolgen erzählen."

Nur eine Antwort, alle Möglichkeiten bereits durchgespielt.

Deshalb das Grinsen.

„Ja, mein größter Erfolg ... also ich denke, an jedem Tag kann man doch ... erfolgreich sein!"

Das Fiebergefühl hat mein Hirn erreicht.

Auch Herrn Wasniek bleibt die Leere meiner Aussage nicht verborgen.

„Zum Beispiel?", entgegnet er.

Jetzt bin ich diese Schiene gefahren. Jetzt bleibe ich dabei.

„Dinge, die wir als alltäglich und selbstverständlich wahrnehmen, sollte man doch viel mehr zu schätzen wissen. Auch als persönliche Erfolge, meine ich."

Ich lege ein Grinsen auf. Gebe dann einen lauten und festen Huster von mir. Der Huster übertönt das Geräusch des Furzes.

„Also, sehen Sie es denn als einen persönlichen Erfolg an, im Supermarkt einzukaufen?"

Meine Darmtätigkeit läuft sich warm. Letzte Ausfahrt Offensive.

„Das Einkaufen selbst ist ja, wenn man es genau nimmt, schon ein Ausdruck der Persönlichkeit. Bei jeder noch so kleinen Tätigkeit, hat man die Möglichkeit, sich selbst zu schulen. Und das kann man an andere weitergeben. Und jedes Gelernte, auch wenn es noch so klein ist, hilft letztlich, den Charakter zu festigen ... so würde ich das sehen."

Zwischen seinen Lippen quillt ein kurzes „Aha, so sehen Sie das" hervor. Ich antworte mit „Ja".

Nach kurzer Pause, in der ich krampfhaft versuche, keine Geräusche entweichen zu lassen, hat sich Herr Wasniek offensichtlich erholt.

„Haben Sie denn Ihrerseits noch irgendwelche Fragen an unser Unternehmen oder speziell an mich?"

Große Banner mit der Aufschrift ‚Toilette' wickeln sich um alle Synapsen meines Hirns.

Ich tue eine Weile so, als würde ich ernsthaft überlegen, dann sage ich:

„Also, wenn ich das mit dem Praktikum mache … Wie sieht es da mit der Bezahlung aus?"

Er nickt.

Falsche Frage. Antworten sind überflüssig.

„Generell sind bei uns die ersten zwei Monate unbezahlt. Wir müssen schließlich erstmal sehen, ob wir überhaupt zueinander passen. In dieser Zeit müssen Sie sich an unser Unternehmen und an uns und wir uns an Sie gewöhnen. Das ist wohl für beide Seiten eine faire Eingewöhnungsphase."

„Ja, sicherlich, das ist fair", sage ich.

Herr Wasnieks Augenbrauen, die oberhalb der Nasenwurzel zusammengewachsen sind, scheinen bei meiner Bemerkung für den Bruchteil einer Sekunde leicht nach oben zu springen.

„Ab dem dritten Monat erhalten Sie von uns ein Praktikantengehalt von 300 Euro."

Fäkalausdrücke in meinem Kopf. Für das angespannte Verhältnis zu dem wichtigsten Teil meines Verdauungstraktes sind meine Gedanken nicht von Vorteil. Wieder muss ich husten.

„Ja, das hört sich doch ganz gut an", sage ich.

Herr Wasniek öffnet seine auf dem Tisch liegenden Hände, so dass seine Handflächen zur Zimmerdecke zeigen, und sagt:

„Nun, wenn Sie sonst keine weiteren Fragen mehr haben..."

„Nein. Bei mir ist alles klar."

„...ja, dann können wir das Gespräch hiermit beenden. Wir haben in den nächsten beiden Tagen noch fünf weitere Bewerbungsgespräche. Dienstag nächster Woche werden wir uns dann spätestens bei Ihnen melden."

Wir stehen von unseren Stühlen auf, geben uns die Hände. Ich sage „Also dann" und nicke dabei.

Frau Zeulner streckt mir hinter der Rezeption sitzend ihren Kopf entgegen. Sie möchte mir ein freundliches „Auf Wiedersehen und einen schönen Abend noch!" hinterherwerfen. Doch ich stoppe an der Rezeption. Ich beuge mich leicht über das Pult und sage mit gedämpfter Stimme:

„Einen Gefallen können Sie mir noch tun, Frau Zeulner."

Sie scheint etwas verwirrt, behält aber ihren professionellen Umgangston.

„Selbstverständlich, wenn ich Ihnen helfen kann..."

Ich rücke noch ein Stückchen näher an Frau Zeulner heran.

„Wissen Sie, die komplette Strecke von Magen-
pförtner bis zum After ist, glaube ich, prall gefüllt bei
mir. Sagen Sie mir doch einfach, wo ich ein geeigne-
tes Sitzporzellan bei Ihnen finden kann … das Kaf-
feeservice können Sie übrigens wieder abräumen."

Bei „Bei Toni", einem Kiosk an der Straßenecke, hole
ich mir zwei große Flaschen Oettinger.
Nur eine Antwort, alle Möglichkeiten bereits
durchgespielt.
Toni ist heute eine Frau, Ende zwanzig, mit blau
lackierten Fingernägeln, auf denen rote Sterne abgebildet sind. Sie schaut mich nicht mal an, als sie mir
das Wechselgeld gibt. Auch als sie meiner Bitte
nachkommt, eine Flasche direkt zu öffnen, löst sie
ihren Blick nicht von dem kleinen Bildschirm, der
hinter der Theke direkt hinter dem Kaugummiregal
steht. Zwischen Hubba Bubba und Spearmint sehe
ich ein flackerndes Bild. Eine Stimme aus dem Fernsehgerät sagt: „Aber Amy, du musst es nur wollen."
Ich nehme noch ein Päckchen Wrigley's Dental und
sage zu Toni:
„Wrigley wollte nur Seife verkaufen und dann
Backpulver. Kaugummi kam erst viel später. Es war
nur die dritte Wahl."
Aber Toni nickt und grinst nur.
Es regnet noch immer, als ich aus dem Kiosk hinaus-
trete, aber meine nassen Füße machen mir nichts

mehr aus. Ich nehme einen Schluck aus der Flasche, lege meinen Kopf in den Nacken und schließe die Augen. Mein Gesicht wird feucht. Und alles, was ich möchte, ist zurück in den Stadtbus. Zurück in den Viehtransporter. Und diesmal werde ich nicht aussteigen. Erst an der Endstation, wenn wir am Schlachthof angekommen sind. Dann sollen sie ruhig kommen mit ihren Kettenhemden und blutverschmierten Gummischürzen. Mit ihren Elektrotreibern und Gummistiefeln. Sie zeigen mir und den anderen den Weg, die große Halle und das Bolzenschussgerät. Und ich weiß, dass ich hier Zuhause bin, weil ich hier gebraucht werde.

zwei

Keine 24 Stunden, die zwischen dem Bewerbungsge-
spräch und der Absage liegen. Per Mail.

Der Segen der digitalen Welt.

Portosparend. Papiersparend.

Vorteile im harten Wettbewerb. Und Vorteile bedeuten Einsparungen. Auch für mich hat die Geschwindigkeit einen Vorteil. Der Aufbau einer unnö-
tigen Hoffnungsdramaturgie entfällt.

Absage im HTML-Format. Mit eingebautem Logo.
Wenn schon per Mail, dann mit grafischem Geschmack. Wobei sich über den natürlich streiten
lässt, aber schließlich zählt der Wille. Nur leider
nicht bei Bewerbungen. Da zählen andere Qualitä-
ten, die sich gerade eben nicht in individuellen Qua-
litäten ausdrücken. Aber ich bin kein Arbeitgeber.
Und wer weiß, wie ich entscheiden würde? Ich atme
ruhig und langsam und tief und überdeutlich. So
versuche ich, keine Aufregung aufkommen zu lassen. Es sind die anderen, die einen Fehler gemacht
haben. Das müssten sie eigentlich wissen. Merken sie

aber meistens nicht und wenn, dann wohl zu spät, und dann merke ich nichts davon. Aber ich weiß ja, dass es niemand böse mit mir meint und schon gar nicht persönlich, sondern wir alle bestimmten Zwängen unterliegen, nach denen wir entscheiden müssen. Gesetz des Kapitals, nennt das Marx. Und so gesehen, wird doch alles schon wieder menschlich, weil eigentlich haben wir ja nichts gegeneinander. Im Gegenteil: Wir benötigen uns. Und wäre da nicht … ja, wäre da nicht … Aber so ist das eben. Und deshalb lese ich die Mail noch ein zweites Mal:

„Auf diesem Wege möchten wir uns nochmals für Ihre Bewerbung und das damit verbundene Interesse an unserem Unternehmen bedanken.

Leider müssen wir Ihnen heute mitteilen, dass sich momentan keine vakante Stelle hinsichtlich Ihrer Bewerbung abzeichnet. Zur Besetzung unserer Praktikantenstelle haben wir uns für einen Mitbewerber entschieden.

Bitte sehen Sie in unserer Absage kein Werturteil über Ihre persönliche oder fachliche Qualifikation.

Da Ihre Bewerbungsunterlagen aber einen positiven Eindruck bei uns hinterlassen haben, würden wir diese gerne in unserem Unternehmen behalten, um möglicherweise in Zukunft auf Sie zurückzukommen. Wir wünschen Ihnen für Ihre weitere Suche viel Erfolg und persönlich alles Gute.

M & H & b/w, Personalabteilung, Irmgard Fruchtal"

Herr Wasniek hat mir nicht selbst die Abfuhr erteilt. Eine Frau Fruchtal übernahm das. ‚Nun gut, aber vielleicht geht da ja in Zukunft was', denke ich und beginne mich auch gleich, für den Gedanken zu schämen. Meine Bewerbungsmappe mit den Klarsichtfolien bekomme ich auch nicht wieder.

Wäre ich Raucher, würde ich mir zu diesem Zeitpunkt wahrscheinlich eine Zigarette anzünden. So oder so. Bis zu meinem Tod werde ich 88 287 Zigaretten rauchen.

Ich muss jetzt erst mal Kamillentee kochen, denn ich verspüre ein Übelkeitsgefühl, was ich so gar nicht gebrauchen kann. Ich muss meinen Magen beruhigen, und das geht mit Kamillentee. Selbst wenn man noch überhaupt nicht krank ist, versprüht der Duft gekochter Kamille das Gefühl, auf dem Weg der Besserung zu sein. Und das brauche ich jetzt.

In der Küche kann ich allerdings keinen finden. Ich habe nur Hagebutten- und Früchtetee und entscheide mich für die Hagebutte. Möglich, dass die auch beruhigt. Aber weil ich gute zehn Minuten damit verbracht habe, nach Kamillentee zu suchen – in der falschen Annahme, dass in der Nische meiner Küche, in der ich ein IKEA-Kellerregal mit dem nordischen Namen Stem (wobei man das E wahrscheinlich betont als wäre es ein doppeltes) aufgebaut habe, noch einer sein müsste -, fällt mir auf, dass ich insgesamt etwas spät bin. Bis das kochende Wasser abgekühlt ist, kann ich nicht warten. Ich hab's eilig. Ich muss ins Kino. Also fülle ich einen Becher mit warmem Leitungswasser. Der Nachteil dabei ist, dass mein Leitungswasser eher nach Blei als nach Wasser schmeckt. Keine Ahnung wie alt die Rohre sind. Dem Geschmack nach könnten sie aus dem Ende der Kaiserzeit stammen. Aber wenn man's eilig hat, dann schmeckt das schon. ‚Das wird schon gehen', denke ich und hänge den Hagebuttenbeutel in den Becher, lasse aber das Seil, an dem das Pappschild mit der Aufschrift ‚Red Moon – sinnliche Hagebutte' angebracht ist, nicht los. Ich ziehe den Beutel in Kreisform durch das Wasser, hebe ihn an und lasse ihn wieder fallen. Das mache ich dreimal. Dann muss gut sein. Das Ziehenlassen kann man abkürzen. Rationalisierungsmaßnahmen eben. Den Beutel schmeiße ich in die Spüle, die von einer weiß gestrichenen Sperrholzkonstruktion gehalten wird. Auf einer Seite befindet sich ein Plastikgriff, so klein, dass man ihn nur zwischen Daumen, Zeige- und Mittelfingerspitze anfassen kann, um die Tür aufzuschieben. Aber da unten ist es ohnehin nicht besonders ansehnlich. Deswegen habe ich dort Plastiktüten und Klopapierrollen auf Vorrat. Vielmehr passt auch nicht rein. Ist eben alles sehr niedrig gehalten hier. Ich nehme einen Schluck meines lauwarmen Hagebuttentees, stelle aber leider fest, dass ich einen rostigen Rohrgeschmack im Mund habe und von der Hagebutte nicht viel übriggeblieben ist. Um mich zu versichern, dass dies nicht nur ein erster Eindruck ist, nehme ich noch einen weiteren Schluck. Ich überlege, ob man sich an diesen Geschmack gewöhnen könnte. Den Rest des Getränks kippe ich in die Spüle.

Ich renne in mein Zimmer zu meinem kleinen Schrank, nehme eine schwarze Hose und das weiße Hemd mit der rosafarbenen Aufschrift heraus und mache mich auf den Weg.

drei

Es sind Fetzen. Sie rasen entlang meiner Hirnsynapsen wie Begrenzungspfosten entlang einer Leitplanke während einer schnellen Fahrt auf der Autobahn. Sie hämmern von innen gegen die Stirn. Bilder vergilbter Vorhänge, Grabsteine, Briefkuverts, Zeigefinger, Ledertaschen und ein diffuses Gefühl von Stolz und Abneigung.

Es gibt hier keine Enten. Das ist das erste, was mir auffällt. Ich trage bunte Kinder-Gummistiefel und einen grünen Hut. Genauso einen wie mein Vater. Nur eben kleiner. In seinem grünen Ganzkörperoverall sieht er aus wie ein Inventar des Waldes. Wir sitzen auf Klappstühlen in der Mitte einer Landzunge, die zwei Teiche voneinander trennt.

„Es ist Karpfenzeit", sagt er.

Mein Vater hält seine Angel in einen der Teiche. Wir sind zum ersten Mal gemeinsam hier. Ich mag es, neben meinem Vater zu sitzen, ich mag die Ruhe, den Duft, die

Geräusche aus dem Wald am Rand des Wassers. Er denke, es sei eine gute Idee, wenn Vater und Sohn mal fischen würden, sagte er. Er denke, in der Natur lerne man sich selbst am besten kennen, sagte er.

Wir sitzen schweigend nebeneinander. Nach einer Weile schaut er zu mir herüber.

„Ist alles in Ordnung?"

Ich nicke. Mein Kopf fühlt sich leicht an wie ein Ballon oder irgendetwas in der Art, schwerelos und unbeschwert. Und mein Vater legt seine rechte Hand auf meinen linken Unterarm.

Nach ungefähr einer halben Stunde Stille dreht sich mein Vater wieder zu mir. Er deutet auf die Angel.

„Willst du?"

Und ob ich will, ich bin freudig erregt. Wir tauschen unsere Plätze. Obwohl die Angel eine Halterung im Boden hat, halte ich sie mit beiden Händen.

Nichts geschieht. Weitere zwanzig Minuten vergehen. Das Wasser ist ruhig, und wir sitzen schweigend nebeneinander. Gerade als sich mein Griff lockert, sehe ich, den Schwimmer abtauchen. Im Bruchteil einer Sekunde verspüre ich einen Ruck an der Angel, die sich vornüberbeugt und an mir zieht. Ich falle zwei Schritte nach vorne, stemme meine Fersen in den Boden, rutsche aber weiter Richtung Wasser. Mein Vater springt von seinem Stuhl auf, der nach hinten wegkippt. Der Schwimmer taucht auf und wieder ab.

„Hol ihn dir", ruft mein Vater, „dreh an der Winde!"

Ich sehe die Kurbel an der rechten Seite, nehme eine Hand von der Angel und beginne zu kurbeln. Der Widerstand wird größer, meine Hände schmerzen, aber ich drehe und drehe.

„Gut so, Junge!"

Weiter immer weiter. Ich spüre den Puls an meiner Halsschlagader, das Pochen meines Herzes.

„Zeig mir, dass du es schaffst!"

Mein linker Arm ist taub, die rechte Hand kurbelt gegen den Druck an. Ich beiße meine Zähne aufeinander bis die Kiefermuskulatur krampft. Der Kopf des Fischs taucht auf.

„Schnapp ihn dir!"

Eine euphorische Welle durchspült meinen Körper. Ich packe die Kurbel noch fester, drehe als würde es um mein Leben gehen. Der Körper des Fisches hängt über dem Wasser. Er zappelt, aber ich spüre keine Kurbel mehr, keinen Widerstand. Und dann taucht er plötzlich wieder ein. Der Fisch verschwindet unter der Wasseroberfläche und zieht die Angelschnur einfach mit sich. Ich schaue auf meine rechte Hand, die noch immer ihre Kreise dreht und die Kurbel fest umklammert. Aber da ist nur noch der Griff, den ich halte. Er hat sich von der Winde gelöst, die zurückschnallt und das Seil unaufhörlich freigibt. Mein Vater versucht, die wegrasende Schnur zu packen, lässt sie jedoch sofort wieder los, als sie in seine Handfläche schneidet. Mein Kopf dröhnt, es gibt keine äußeren Geräusche mehr. Ich lasse den Griff der Kurbel ins Gras fallen, löse meinen Griff um die Angel und beginne zu rennen. Während das Salz der Tränen an meinen Wangen kleine

*Kristalle bildet, tragen mich meine Beine über die Land-
zunge bis weit in den Wald hinein.*

vier

Die Popcornmaschine arbeitet wie gewohnt zuverlässig. Sie stellt das Wichtigste an diesem Ort dar. Sie ist Identifikationsmaschine, Atmosphärenzerstäuber, Duftbaum. Sie sorgt für eine vertraute und zugleich außergewöhnliche Geräuschkulisse. Sie ist ein großer Wunsch und die Eintrittskarte in eine andere Welt. Dach und Rahmen sind aus Edelstahl, die Wände aus Glas. In rot beleuchteter Neonschrift sind die Buchstaben P, O, P, C, O, R und N unterhalb des Dachs angebracht. In der Mitte des Glaskastens hängt ein Topf, aus dem das fertige Popcorn herausquillt. Bei 250°C hält die Hülle des Maiskorns nichts mehr zusammen. Das Wasser im Korn entlädt sich in einer ordentlichen Explosion, bildet eine schaumige Struktur und kühlt zugleich wieder ab. Popcorn ist in der Kulturgeschichte Südamerikas tief verankert. Schon als Christoph Kolumbus 1492 die neue Welt betrat, nutzte die indianische Bevölkerung Popcorn als Schmuck und Objekt der Zukunftsdeutung.

„Gesalzen oder gezuckert?", fragt Julia.

Die meisten ziehen das klassische Popcorn vor und antworten mit „Gezuckert!".

Julia Hildebrand mag mich nicht besonders. Sie ist 24 und finanziert sich ihr Germanistik-Studium mit einem Job im Kino. Ich sagte ihr, mit ihrem Studium könne sie sich auch gleich um einen Job als Teamleiter hier bewerben. Seitdem ist ihr Umgang mit mir etwas verhaltener. Seit einiger Zeit nehme ich mir vor, mich zu entschuldigen. Geschafft habe ich es bisher noch nicht. Und vielleicht sollte sie sich mit ihrer Zukunft abfinden. Irgendwie machen das doch alle.

Ich trage meine schwarze Stoffhose der Marke Divided. Dazu ein weißes Hemd und einen schwarzen Schlips. Auf meiner linken Brust ist in geschwungen rosafarbenen Buchstaben Cineplace zu lesen. Ungefähr zwei Meter neben der Popcornmaschine stehe ich am Eingang des Kinos Nummer 5. Die zwei dunkelfarbenen Stahltüren sind geöffnet, und ich habe die rechte besetzt. Gegenüber von mir steht ein Neuer, der sich mir zwar vorstellte, dessen Namen ich aber umgehend wieder vergaß. Es lohnt sich nicht, Namen von Cineplace-Mitarbeitern zu lernen, die nicht schon mindestens drei Monate mit an Bord sind. Ich glaube, nicht einmal unser überambitionierter Teamleiter Carsten kann sich die vielen Namen merken. Er vermeidet jegliche direkte Ansprache. Nur die Ansprache, die er in regelmäßigen Abständen an mich richtet, die ist sehr direkt.

Menschen mit Popcorn, einem so genannten Softgetränk, Bier oder mit Tortilla-Chips schieben sich an mir vorbei. Sie geben mir ihre Eintrittskarte, ich reiße die gestanzte Seite ab und gebe sie ihnen wieder zurück. Oben, wenn sie die Treppe hinter den Stahltüren, bis in den Kinosaal hinter sich gebracht haben, warten zwei weitere Mitarbeiter, die ihnen sagen, wo sie sich hinsetzen können. Die Sitze sind garantiert noch angewärmt.

Zwölf Minuten haben wir, um Pappbecher, Popcornreste, leere Flaschen, Holzstiele von Eiscreme, Kaugummis und Ketchupflecken zu entfernen, bevor wir für die nächste Vorstellung die Türen öffnen. Ein Cineplace-Mitarbeiter nimmt eine leere Kiste Beck's für die Flaschen, andere bekommen Besen oder Handstaubsauger. Alles lässt sich auf die Schnelle nicht entfernen, aber im gedämpften Licht sieht man ohnehin keine Details.

Wer bei Cineplace arbeitet, muss ein Allround-Talent sein. Er muss den Finance-Account beherrschen, für den man Kopfhörer trägt, in einem Plexiglashäuschen in der Mitte des Eingangsbereichs sitzt und eine spezielle Computersoftware, die graphische Darstellungen der Kinosäle abbildet, bedient, er muss Kinokarten abreißen, er muss die Besucher freundlich auf ihre jeweiligen Plätze aufmerksam machen, er muss gastronomisch auf der Höhe sein, um Getränke, Chips, Eis und natürlich Popcorn zu verkaufen, er muss in schneller Zeit für ordentliche

Säle sorgen, er muss auf die Wünsche und Vorstellungen des Kunden ruhig und geduldig eingehen, kurzum: Er muss ziel- und serviceorientiert denken, teamfähig sein. Und: Er muss flexibel sein.

„Eis! Will noch jemand Eis?", schreie ich in den gerade wieder erleuchteten Saal 5, so dass meine Stimmbänder einen Tanz aufführen. 24 Minuten und 35 Sekunden Werbefilme liegen hinter unseren Gästen. 18 Minuten Filmvorschau noch vor ihnen. Der dunkelrote Vorhang vor der 40m² großen Leinwand hat sich soeben zugezogen. Noch ist der Hinweis „Langnese gibt's auch hier im Kino!" zu sehen. Jetzt kommt meine Zeit. Ich habe zwei Minuten und 48 Sekunden, um Eiskonfekt und Magnum zu verkaufen. Kopfrechnen steht hier hoch im Kurs. Und tatsächlich kommen Menschen, die unbedingt Eis essen wollen. Gefühlt sind es ganze Busladungen für die Kinotouristen. Die Geldtasche habe ich zwischen meinen Hosenbund und mein Hemd geklemmt. Direkt darunter befindet sich der so genannte Bauchladen, der nur eine große Kühlbox ist und an meinem Nacken zerrt, als sei es sein Ziel, meinen Körper zu einem Klumpen zu verformen, bei dem der Arsch die höchste Stelle ist. Ich frage mich, was meine Krankenkasse dazu sagen würde. Andererseits arbeite ich hier, um meine Krankenkasse zu bezahlen. Ich bezahle den Mindestsatz von 125,90 Euro inklusive Beitrag zur Pflegeversicherung und freue mich, dass mein Monatsgehalt knapp über der Grenze der Sozialhilfe liegt, sonst müsste ich monatlich 220 Euro zahlen. Hätte ich ein anständiges Einkommen, wäre ich womöglich in einer privaten Krankenkasse, um weniger bezahlen zu müssen. Wer mehr hat, muss weniger bezahlen, um wiederum mehr zu haben.

Ich freue mich, wenn Kunden Eis von mir kaufen. Sie schauen direkt durch mich hindurch, sehen schon das Eis in ihrer Hand und lächeln mich an. Drei Euro für Eiskonfekt. Heute gönnen wir uns mal was. Man hat sich hier lieb. Wir alle haben uns lieb. Und der Schweiß, der an meinem Rücken kleine Rinnsale bildet, liebt mich auch.

Als ich die Kühlbox Julia überbringe, die das Eis nach dem Saalverkauf wieder in die Gefriertruhe hinter der Theke räumt, fragt sie mich:

„Und? Erfolgreich?"

„Fünfmal Eiskonfekt, siebenmal Magnum", sage ich.

„Ganz Okay für eine Nachmittagsvorstellung."

„Mmmhh."

Und wieder bin ich kurz davor, ihr zu sagen, dass es mir leidtut.

„Rupert hat in Saal 6 neunmal Eiskonfekt und 13 Magnum verkauft."

„Wer?"

„Der Neue. Hatte gestern seinen ersten Tag."

„Aha!"

Ich entschließe mich spontan, die Entschuldigung zu vertagen.

Als ich Julia den Rücken zudrehe, steht Carsten vor mir. Er trägt ebenfalls eine schwarze Hose und das weiße Hemd mit der pinkfarbenen Aufschrift. Das Einzige, was ihn von uns Fußvolk unterscheidet, ist eine schwarze, tief geschnittene Weste, die mit zwei goldenen Knöpfen in Höhe des Bauchnabels verschlossen ist. Zu Beginn meiner Cineplace-Karriere war ich der Auffassung, dass dieser Mensch bereits als Idiot geboren wurde, mittlerweile empfinde ich aber ein ähnliches Gefühl wie Sympathie für ihn. Seit nunmehr achteinhalb Jahren ist dieser Unglückliche Teil der Cineplace-Familie. In dieser Zeit schaffte er es, sich vom Säugling auf die Position des großen Bruders zu arbeiten. Was Carsten vor seiner Kino-Laufbahn getrieben hat, ist weitgehend unbekannt. Er vermeidet es tunlichst, sich privat mit Mitarbeitern zu treffen, aus Angst dies könne zu einem Autoritätsverlust führen. Für die obere Kinoleitung verkörpert Carsten mit seinen 35 Jahren den jungen aufstrebenden Typen, der die Sprache des Volkes zu sprechen weiß.

„Ihr werdet hier nicht für private Plaudereien bezahlt."

Seine Mundwinkel ziehen sich in die Breite, sein Seitenscheitel verschiebt sich leicht nach hinten.

„War rein geschäftlich", sage ich.

„Ach ja?"

„Ja", sagt Julia, in einer Tonlage, die fast schon meditative Ausmaße annimmt.

Carsten scheint irritiert.

„Trotzdem!", sagt er.

Julia und ich sehen uns kurz an und richten dann wieder unsere Blicke auf Carsten.

„Dann merkt es euch eben für die Zukunft. Außerdem beobachte ich euch schon seit längerem. Und so ganz unschuldig, wie ihr jetzt tut, seid ihr auch nicht."

Julia zieht die linke Augenbraue hoch und stößt ein

„Ja?"

hervor.

Gleichzeitig entfährt mir ein:

„Ach komm!"

Carstens mögliche Schulzeitkomplexe gewinnen die Oberhand:

„Nichts da ‚Ach komm!'. Ihr denkt wohl, mit dem Carsten da kann man's ja machen. Da habt ihr euch aber geschnitten. Ihr bekommt hier euer Geld nicht nachgeschmissen. Da müsst ihr schon was für tun. Nicht bloß quatschen."

„Na, so prall ist die Bezahlung hier nun auch nicht", sage ich.

„Wie bitte? Was soll denn das jetzt heißen?"

Carsten wirkt erhitzt. Julia wird das zu viel. Sie klinkt sich aus.

„Ich geh mich mal um die Kunden kümmern."

Carsten schaut ihr hinterher. Seine Augen sind weit aufgerissen. Ich versuche, die Situation ein wenig abzukühlen.

„Du kannst doch auch nichts dafür."

„Das läuft auf eine Meuterei hinaus!"

„Meuterei?"

Ich bin mir nicht sicher, ob er das wirklich ernst meint.

„Mit deinen Äußerungen sorgst du für Unmut im Team. Das werde ich nicht zulassen!"

Carsten hat eine Betriebstemperatur angenommen, die den unterirdischen Verhältnissen der Phlegräischen Felder nahekommt.

Ich könnte Carsten vorrechnen, dass ich in der Cineplace-Familie mit einem Taschengeld von 97,50 Euro die Woche abgespeist werde. 15 Wochenstunden bei 6,50 Euro die Stunde sind 390 Euro im Monat. Bei einer Zimmermiete von 280 Euro und einem Krankenversicherungsbeitrag von 125,90 Euro inklusive Pflegeversicherung stehen meinem Cinemaxx-Einkommen 405,90 Euro entgegen. Macht monatlich eine Miese von 15,90 Euro.

Weil ich kurz davor bin, mir vor Freude über diesen Zustand in die Hose zu machen, sage ich zu Carsten:

„Ich geh jetzt erstmal auf Toilette."

„So leicht kommst du mir nicht davon! Darüber reden wir noch", ruft mir Carsten hinterher. Auch sein „*Ich* bin für das Team verantwortlich!", das er mit Verzögerung nachsetzt, kann meinen gezielten Toilettengang nicht verhindern.

Vor dem Pissoir stehend, meinen Penis zum Fixieren zwischen Zeigefinger und Daumen der rechten Hand, während meine linke Hand den Gummi meiner Unterhose durch den Hosenschlitz herunterdrückt, blicke ich geradewegs auf Werbung, die mich auf einen Film aufmerksam macht, der es nicht auf die Leinwand geschafft hat. Walt Disney präsentiert „High School Musical". Ab nächster Woche auf DVD. Und zu dem unglaublich entspannenden Gefühl einer Blasenentleerung, das ungefähr mit den ersten Sonnenstrahlen im Frühling vergleichbar ist, überkommt mich ein Stoß der Genugtuung. „Selbst ein Walt-Disney-Film schafft es nicht immer in den großen Saal", murmele ich. Hinter mir – in einer so genannten Sitzkabine – geht die Klospülung, die weiße Tür mit dem roten Plastikgriff, der mich immer an einen Bausatz von duplo erinnert, öffnet sich und eine Stimme, die ich kenne, weiß aber nicht woher, sagt:

„Der war doch nie fürs Kino geplant."

Ich drehe meinen Kopf leicht erschrocken nach links, um über meine Schulter zu schauen. Dabei wird die Intensität meines Urinstrahls erheblich gestört, nur stotternd treffen die Spritzer auf das metallene Sieb an der untersten Stelle der Keramikschüssel. Ich sehe noch eine schwarze Hose, weißes Hemd und braune Locken durch die Tür gehen, die zu dem Vorraum der Toilettenanlage führt. Der Neue. Ich schüttle schnell ab, klemme meine Vorhaut leicht im Gummibund der Unterhose und schließe den Reisverschluss meiner schwarzen Hose der Marke DIVIDED. Dann eile ich hinterher in den Vorraum, in dem sich drei Waschbecken nebeneinander vor einem großen Wandspiegel befinden. Die Beleuchtung ist ungünstig gewählt. Jede Hautpore springt einem förmlich entgegen. Dass uns die Haut vor dem Austrocknen bewahrt, ist deutlich durch das Glänzen der Fettschicht auf der Stirn im Spiegel zu sehen.

Der Neue steht am Waschbecken rechts außen. Ich stelle mich direkt neben ihn und halte meine Hände vor den Lichtsensor am unteren Ende des Wasserhahns. Das Wasser hat sich aber gegen mich verschworen – nichts kommt aus der Leitung. Ich bewege meine Hände leicht hektisch auf und ab und vor und zurück bis endlich ein kalter Wasserstrahl meine Hände berührt. Dann schaue ich nach vorne in den Spiegel und sage:

„Wie hast du das denn eben gemeint?"

Seine Augen richten sich auf mein Spiegelbild.

„Wie ich *was* gemeint habe?"

Der Neue ist bestimmt fünf Jahre jünger als ich, also eher in Julias Alter.

„Du hast gesagt, der sei auch nie fürs Kino geplant gewesen."

„Der Disney-Film?"

„Ja, was denn sonst!"

Er schüttelt seine Hände über dem Waschbecken ab.

„Und?"

„Nix und. Natürlich war der fürs Kino gedacht. War nur ein Riesenflop. So war das!", sage ich etwas zu energisch, was ich auch gleich merke und mich deshalb auf das Abschütteln meiner Hände konzentriere.

Er dreht mir den Rücken zu und geht zu dem Handtrockenautomaten, in dem sich eine große Rolle angeblich frisch gewaschener Stoff befindet, der sich bei Berühren des Sensorpunktes ausfährt.

„Wenn du willst."

„Was soll denn das jetzt wieder heißen, wenn ich es will. Das hat doch mit mir nichts zu tun! Ein Flop war der Film!"

Er trocknet sich seine Hände. Ich stehe mit dem Rücken zum Spiegel und beobachte ihn.

„Na ja, ich glaube, die machen absichtlich solche Filme. Da stecken ja so gut wie keine Produktionskosten drin. Und DVD ist auch ein großes Geschäft. Die benötigen die Kinos gar nicht. Nur eben zum Werbung machen. Irgendeine Mama kauft ihren Kindern dann diesen Schinken. Und dann nehmen die auch noch das komplette Paket bei der TV-Vermarktung mit. Die verkaufen irgendeinem Privatsender ganz teuer einen Blockbuster. Den bekommt er aber nur, wenn er noch drei andere Filme kauft und in seine Programmplanung packt. Und da

kommt dann so ein typischer Sonntagnachmittags-
kinderfilm mit in die Tüte. Hier in Deutschland
würde so etwas wahrscheinlich gar nicht gedreht
werden, weil es keine Kunden für den Film geben
würde. Aber international gedacht gibt das für die
Disney-Leute noch ein hübsches Sümmchen mit mi-
nimalem Aufwand."

Irgendetwas gefällt mir nicht.

„Aha, und woher willst du das denn bitteschön
wissen? Bist du ein Filmvermarkter-Student oder so
etwas?"

Meine Erregung ist nur schwer zu unterdrücken,
das merkt natürlich auch der Neue.

„Jetzt krieg dich mal wieder ein. Wo ist denn dein
Problem?"

„Wo mein Problem ist?", werde ich lauter, „Bist du
nicht derjenige, der sich im Filmbusiness so toll aus-
kennt, dass er sogar die Marketing-Abteilung von
Disney durchanalysieren kann?"

„Hey Mann, das ist doch nur ein Film", sagt er
kopfschüttelnd.

Er dreht mir den Rücken zu und geht zur Tür. In
einem Reflex packe ich ihn an seiner linken Schulter.

„Wo willst du denn hin?"

Jetzt schwingt auch seine Stimme in einer aggressi-
ven Tonlage:

„Was geht denn jetzt? Hast du nicht mehr alle Tassen im Schrank? Lass mich sofort los!"

Seinen verkrampften Gesichtsausdruck durchzieht eine Spur verwirrter Unsicherheit, die auch mich überkommt. In einer verqueren Drehbewegung will er sich von meinem Griff lösen. Ich ziehe meine Hände zurück und versuche einen Schritt zurückzutreten. Doch in dem Moment hat er bereits durch seine unkoordinierte Bewegung Schwung aufgenommen und fällt einen Schritt nach vorne – und dann über mein noch ausgestrecktes rechtes Bein, so dass er durch die innere Klotür in den Pissoirraum knallt. Seine Locken wirbeln durch die Luft. Rückwärtsfallend versuchen seine Hände etwas zwischen die Finger zu bekommen. Dabei greift seine rechte Hand in ein Pissoir. Aber auch die Wandschüssel kann ihn nicht halten. Mit voller Wucht landet er auf seinem Steißbein und stößt dabei einen Laut aus, der sich wie ein grelles ‚Umpf' anhört.

Ich stehe vor ihm, deute mit meinem Zeigefinger auf ihn und schüttele den Kopf.

„Ein Flop!", sage ich.

Ich drehe mich um, gehe durch den Waschbeckenraum und versuche, beim Hinausgehen die Tür mit der Aufschrift ‚WC Herren' möglichst entschlossen hinter mir zuzuziehen, was aber nur bedingt funktioniert, da die Tür einen Mechanismus hat, der dafür sorgt, dass sie möglichst langsam und geräuschlos schließt.

Bevor ich meine Eisschicht kurz vor Beginn der Spätvorstellung antrete, kommt Carsten auf mich zu.

„Sag mal, was hab ich denn da gehört?"

Mund und Augen hat er weit aufgerissen.

„Keine Ahnung, was du so hörst", sage ich.

„Ich bin hier der Teamleiter und…"

Glücklicherweise habe ich die Kühlbox schon um meinen Nacken hängen, also bremse ich ihn aus:

„…und ich muss jetzt da rein und Eis an den Mann bringen."

„Aber der Neue…", setzt Carsten an.

Julia, die mir die Kühlbox beladen hat, ist in Hörweite und ruft:

„Rupert!"

Carsten verliert den Überblick über die Situation. Er dreht sich in Julias Richtung.

„Bitte was?"

„Der Neue heißt Rupert!", ruft Julia und zieht dabei das U betont in die Länge.

„Ach so", murmelt Carsten.

Das ist mein Exit-Zeichen.

„Schön, dass ihr euch was zu sagen habt, aber ich bin dabei ja wohl überflüssig", sage ich und verschwinde im Dunkel des Saals 5.

Gerade einmal 20 Personen haben sich in die Spätvorstellung an einem Mittwochabend verirrt. Will Smith darf Locken zeigen und sein Sohn ist auch dabei. ‚Das Streben nach Glück' heißt der Film und handelt von einem rasanten Wall-Street-Aufstieg, der am Ende alle glücklich macht und die Kinozuschauer zum rührseligen Weinen bringt. Vorher darf Will Smith seinem Sohn noch erklären, man müsse für seine Träume nur kämpfen, dann sei alles möglich.

Das Schöne, wenn man zur Cineplace-Familie gehört, ist, dass man freien Eintritt zu jedem Film zu jeder Zeit hat. Obwohl das nicht ganz der Wahrheit entspricht. Bei den viel versprechenden Blockbustern, wie James Bond, bekommen wir eine Woche Ansehverbot. Da werden zunächst die Säle vollgemacht und Zahlen gepusht, damit er schöne Rekorde einfährt. Wenn dann so etwas wie der Bogey Award dabei rausgesprungen ist, dann dürfen auch wir den Film ansehen. Das Blöde aber, wenn man sich jeden Film anschauen kann, ist, dass man nach einigen Monaten einfach gar keinen Film mehr ansehen will. Da besteht definitiv kein Bedarf mehr auf die nächste Harry-Potter-Verfilmung oder den zehnten Teil von ‚Das Schweigen der Lämmer‘, der uns von den Vorschulerfahrungen Hannibal Lecters erzählt. Manchmal aber schaut man sich dann doch einen Film an, wie in meinem Fall ‚Das Streben nach Glück‘, und bereut es umgehend. Denn schon ab der 20ten Minute verspürt man ein Unbehagen. Wahrscheinlich ebenso wie der arme Alex aus Clockwork Orange, wenn Beethovens Neunte erklingt.

Und als ich da so stehe mit der Kühlbox um den Hals und meine Augen sich an das Dunkel gewöhnt haben, sehe ich oben in der vorletzten Reihe ein Paar, so Anfang 20, denke ich, ihre Gesichter aneinander-drücken. Der Junge ist mit dem Rücken in seinen Sitz gepresst. Das Mädchen wendet mir den halben Rücken zu. Und erst denke ich, dass die beiden ein verdammtes Glück haben, sich hier im Kino zu küssen, während ich Eiskonfekt mit mir herumtrage, doch dann bemerke ich, dass sich die rechte Schulter des Mädchens gleichmäßig bewegt. Und ich folge dem Verlauf ihres rechten Armes. Ihre Hand muss sich in der Mitte des Sitzes des Jungen befinden. Jeder im Cineplace wünscht sich, endlich mal jemanden in flagranti zu erwischen. Jedes Mal, wenn wir, das Fußpersonal, Flaschen einsammeln und Popcornreste vom Boden saugen, hoffen wir, dass nicht schon wieder einer seinen Pimmel in den Kinohimmel gestreckt und ihn sich massiert hat oder eben hat massieren lassen, was schätzungsweise bei 80% eher der Fall ist. Gerade in Spätvorstellungen bei wenigen Kinobesuchern kommt dies doch öfter vor als man vermuten würde. Manche bemühen sich ja wirklich, ihr Sperma auch wieder mitzunehmen. Aber natürlich fällt das auf, weil auf unseren roten samtenen Sitzbezügen dennoch Spuren übrigbleiben, die teilweise schon eingetrocknet sind. Was uns aber lieber ist, weil man sie besser entfernen kann, mit einer Bürste oder ähnlichem Kratzgegenstand. Ist die „Sache" aber noch feucht, muss man mit Wasser rangehen, und Wasser und Sperma vertragen sich nicht, das klumpt und hält auf. Und erst wenn der Sitz dann wieder etwas getrocknet ist, sieht man, ob tatsächlich alle Spuren entfernt sind oder man da noch mal ran muss. Natürlich will man da nicht noch mal ran. Also denkt man sich, ‚Lass gut sein. Zieht schon ein', und spätestens wenn am nächsten Tag bei der Mittagsvorstellung irgendein Kind mit seiner blauen neuen Cordhose oder die Großmutter mit ihrem grauen Faltenrock, die ihren Enkel ins Kino begleitet, sich in diesen Sitz presst ist alles wieder vergessen, und die Show kann beginnen.

Ich gehe mit meiner Kühlbox langsam die Treppen in Saal 5 hinauf. Ganz sachte setze ich Fuß vor Fuß, um möglichst keinen Laut von mir zu geben, bis ich Reihe D erreicht habe. Die beiden sind fünf Sitze von mir entfernt. Ich sehe den Rücken der Masseuse und die Bewegung ihres Arms. Im Dunkeln kann ich ihre blonden Haare erkennen, die zu einem Zopf zusammengebunden sind. Von ihm sind nur in Umrissen über ihre linke Schulter hinweg zurückgegeltes Haar und ein Hip-Hop-Diamantenimitat-Ohrring in seinem rechten Ohrläppchen erkennbar. Auf der Leinwand läuft die Langnese-Werbung. Ich baue mich am Ende der Reihe D auf, atme tief ein und brülle dann:

„Eis! Will noch jemand Eis?"

Und als wunderbarer Showeffekt geht in diesem Augenblick das Licht an.

Die Masseuse gibt einen unkontrollierten Schrei von sich, der eine ganze Reihe von Basstönen erhält und mich deshalb dermaßen stark erschreckt, dass ich mit beiden Händen an die Kühlbox schlage. Der Gelhaarfreund greift sich zwischen die Beine und kippt im Sitz vornüber, um sich selbst zu bedecken. Die tumultähnlichen Geräusche lassen die restlichen Kinobesucher in ihren Sitzen herumfahren. Sie sehen einen Eisverkäufer, der beide Hände an der Kühlbox und leicht eingeknickte Kniekehlen hat, ein blondes Mädchen mit Zopf und weit aufgerissenem Mund und möglicherweise schwarze Haarspitzen hinter einem roten Kinosessel.

Dann schreit die Blonde:

„Was? Wie?"

Sie springt von ihrem Sessel auf, stürmt an mir vorbei und die Treppen hinunter. Ich öffne meine Kühlbox, hole eine Schachtel Eiskonfekt heraus und lege sie auf Sitz Nummer 23, der sich zwei Sitze neben dem knienden Gelhaar befindet.

„Nichts für Ungut. Das hier geht aufs Haus. Viel Spaß beim Film", sage ich.

Dann gehe ich die Stufen des Saals hinunter. Vielleicht möchte ja noch jemand Eis.

Als ich meine Kühlbox wieder Julia übergebe, kommt Carsten auf mich zugerannt. Er packt mich am linken Unterarm und zieht mich hinter sich her bis in unseren Aufenthaltsraum, in dem wir uns vor und nach unseren Schichten umziehen. Er stellt sich vor mich, fährt sich langsam mit der linken Hand über seine Stirn und schaut auf den Boden. Dann sagt er mehr zu sich selbst als zu mir:

„Was ist heute nur los? Was ist nur los?"

Er hört mit dem Stirnreiben auf und sieht mich an.

„Du hast Zuschauer belästigt und den Neuen auf der Toilette geschlagen. Was ist nur in dich gefahren?"

Aber seine Stimme ist ruhig. Er wirkt zum ersten Mal kontrolliert und doch zugleich niedergeschlagen.

„Ich bin für euch verantwortlich", sagt er.

Er schüttelt langsam seinen Kopf, dann sieht er wieder zu Boden.

„Vielleicht ist das nicht der richtige Job für dich. Was weiß ich."

Ich sage nichts, stehe einfach nur da. Und dann überkommt es mich. Ich gehe auf Carsten zu und umarme ihn. Er legt seinen Kopf auf meine rechte Schulter und umschließt meinen Oberkörper mit seinen Armen. So stehen wir drei Minuten, ohne uns zu bewegen. Dann sage ich:

„Ist schon okay. Wirklich."

Ich drehe mich von ihm weg und öffne die Knöpfe meines weißen Hemdes mit dem pinkfarbenen Schriftzug Cineplace. Carsten sieht mir zu, wie ich das Hemd und den Schlips an einen Kleiderbügel der Cineplace-Garderobe hänge, mir erst T-Shirt, Pullover und schließlich Jacke anziehe und ihm die

Hand reiche. Bevor ich den Aufenthaltsraum verlasse, den nach Popcorn duftenden Vorraum durchquere und die automatische Drehtür am Haupteingang passiere, klopfen wir uns gegenseitig auf die Schulter und Carsten nickt, als wolle er mir zu bedeuten geben, dass ich alt genug sei für die Welt da draußen.

fünf

Auf ein Plakat in der U-Bahn-Station, das Werbung für eine Gayparty macht, hat jemand mit schwarzem Edding „Mein seltsamer Beginn heißt Rückzug" geschrieben. Während ich den Schriftzug laut lese, fährt die U3 ein. Die Linie der U3 wurde 1912 in Betrieb genommen und ist damit die älteste Strecke der Stadt. Ich weiß das, weil ich Fahrgastfernsehen schaue. Als Leser des Nachrichtenfernsehentickers bleibt es einem erspart, während der Fahrt aus dem Fenster zu schauen, um die anderen Gäste nicht anschauen zu müssen. Meine aktuelle Bahn ist jedoch ein altes Modell. Ohne Fahrgastfernsehen. Ich sehe also während meiner unterirdischen Fahrt aus dem Fenster, sehe nur mein eigenes Spiegelbild, Carsten, das Cineplace und ein Gaypartyplakat mit einer eigenartigen Aufschrift, und ich weiß nicht, wie ich das alles zusammenbringen soll. Ich weiß nur, dass mir übel ist, ich Hunger habe und ansonsten rein gar nichts fühle. Mein Kopf steckt in einem Tunnel wie die Bahn, nur dass bei mir keine Gäste zusteigen.

Weshalb sollten auch Menschen einsteigen, ohne zu wissen, wohin die Reise geht? Und welchen Preis kann man für solch eine Fahrt verlangen? Ich streiche mit meinen Fingern der rechten Hand über die Scheibe der U-Bahn und stelle fest, dass meine Hand zittert. Ich strecke meine beiden Hände vor mir aus. Sie zittern. ‚Entspannen!', denke ich, ‚entspann dich!' Das Zittern verliert nicht an Intensität. Also sage ich:

„Ich bin ruhig. Ganz ruhig!" und schaue hinüber zu meinem Sitznachbarn, der auf der anderen Seite des Durchgangs der Wagenmitte sitzt. Er dreht seinen Kopf zu mir grinst und nickt, dann dreht er seinen Kopf wieder zur Fensterscheibe.

Ich sehe mir die restlichen Fahrgäste im Waggon an. Wir sind zu sechst. Niemand hat etwas gehört, scheint es. Um diese Uhrzeit hört man gerne schlecht. Die Köpfe sind gesenkt oder zum Fenster gerichtet. Ein Jugendlicher mit schwarzer Stoffjacke, auf deren Rücken ein Tiger aufgestickt ist, steht im Bereich der Eingangstüren. Seine linke Hand ist in der Hosentasche, die rechte umklammert die Stange in der Mitte des Wagens. Sein Blick ist auf den Boden gerichtet. Ich lege meine Hände auf meine Oberschenkel und sehe zur Decke. Dort hängt der schwarze Halbkreis hinter bruchsicherem Glas. Ich frage mich, ob die Kamera, die sich darunter befindet, zeitgleich in alle Richtungen schaut. Um sicherzugehen, dass sie mich auch wirklich ins Bild bekommt, fixiere ich sie ganze zwei Stationen und grinse dabei. Ich möchte einen freundlichen Eindruck hinterlassen. Ich komme gerade von meiner letzten Spätschicht im Cineplace. Ein historischer Moment. Dann wende ich die Handfläche meiner linken Seite und sehe sie an. Mit meiner rechten Hand beginne ich, die Fläche der linken zu massieren. Dabei merke ich, dass sie kalt ist. Kalt und steif. Und je mehr ich sie massiere, desto mehr verkrampft sie sich. Sie ist aus Stahl oder Eisen oder Gold, nein nicht aus Gold, das wüsste ich, und sie ist schwer, ich muss sie stützen mit meiner rechten, die taub ist aber zum Massieren taugt. Ich sitze dort und massiere, und meine Hand wird rot. Und ich massiere, als wir bei der Haltestelle Rödingsmarkt einfahren. Und ich massiere, als eine Frauenstimme niemandem auf dem leeren Bahnsteig sagt: „Zurückbleiben bitte!". Und ich massiere, als sich dann doch noch die Türen des Wagons öffnen und Männer einsteigen mit dunkelblauen Jacken, auf deren Rücken ‚U-Bahn-Wache' geschrieben steht. Und ich massiere, als einer der Zugestiegenen, nachdem sich die Türen wieder geschlossen haben und sich die Bahn in Bewegung setzt, ruft:

„Fahrkarten, bitte!"

Und dann beginne ich zu fühlen. Mein Herz gibt einen Takt vor, dessen Geschwindigkeit kaum noch zählbar ist. Meine Hand fühlt sich plötzlich warm und feucht an. Ich spüre einen Schmerz in der Brustgegend und in meinem Hals bildet sich eine Art Verschlussklappe, die mich nur noch röcheln lässt. Ich sehe plötzlich klar, und ich sehe, dass ich keinen Fahrschein habe. Schlicht und ergreifend einfach ist meine Erkenntnis: Ich habe vergessen, ein Ticket zu ziehen. Warum wird um diese Uhrzeit kontrolliert? Ist diese Kontrolle nicht ein Akt des Terrors? Wer sollte kurz vor Mitternacht die U-Bahn benutzen, wenn er nicht wirklich muss? Es gibt schönere Dinge im Leben. Es ist kalt, laut und einsam. Es ist kein Wochenende, kein Feiertag. Es sind keine Touristen hier! Ich möchte aufstehen und sagen: ‚Es gibt niemanden in diesem Wagon, der es verdient hätte, um diese Uhrzeit kontrolliert zu werden!' Und dann mit drohendem Zeigefinger möchte ich nachsetzen: ‚Niemanden!'

Aber glücklicherweise kontrollieren sie nicht nur mich, sondern auch die übrigen Fahrgäste und auch den Jungen mit der Tigerjacke. Und der scheint nichts zu verstehen. Er brabbelt. Ja. Brabbelt ist, glaube ich, das richtige Wort. Als der Kontrolleur, dessen Hose eindeutig etwas zu kurz ist, mit seiner buckligen Haltung vor dem Tigerjackenjungen steht und ihn nach seiner Fahrkarte fragt, macht dieser nur:

„Mnjokp"

Dabei sieht er nicht vom U-Bahn-Boden auf. Ganz im Gegenteil scheint es so, als ob sich sein Blick am Boden festsetzen würde. Seine Kopfhaltung ist starr. Den Kopf hält er leicht schräg nach unten.

Der Kontrolleur versucht sich jetzt, gerade aufzustellen, so gerade zumindest wie es sein Körperbau zulässt, und sagt mit verwunderter Stimme:

„Entschuldigung, ihre Fahrkarte bitte!"

Diesmal bekommt er eine Antwort, die sich fast nach einem ‚Was?' anhören könnte:

„Bah?"

„Sie haben doch bestimmt eine Fahrkarte?"

Jetzt kommt ein zweiter Kontrolleur hinzu. Der ist bullig gebaut. Aber eher bullig wie man in älteren Kriminalfilmen kräftige Männer darstellte, also eher unförmig und fett, aber nichtsdestotrotz eine mächtige Erscheinung.

Der Tigerjackenträger rührt sich nicht.

Jetzt spricht der bullige:

„Haben Sie ein Ticket?"

„Mnese bod chrrrd", entfährt es Tigerjacke.

„Wir können Sie nicht verstehen! Sie haben ein Ticket?"

Der Bullige holt ein Ticket aus seiner Hosentasche und hält es Tigerjacke hin. Der erste Kontrolleur sagt gar nichts mehr. Dafür gibt er ein Handzeichen für seine beiden weiteren Kollegen am anderen Ende des Waggons. Hierzu legt er erst seine Hand an die Stirn, um sie dann schulterzuckend in die Luft zu heben. Die beiden anderen werden aufmerksam, unterbrechen ihre Arbeit und bewegen sich in die Richtung des Geschehens.

Tigerjacke fängt an zu zucken. Ich denke ‚Der ist Epileptiker, das müssen die doch sehen. Vielleicht braucht er seine Medikamente'.

„Hallo, geht es Ihnen gut?", fragt einer der dazukommenden Kontrolleure.

„Mmmmmhhhh", ist die Antwort.

Ratlosigkeit legt sich wie ein Schleier über die Gesichter der Kontrolleure. Als Konsequenz versuchen sie, entschlossener zu wirken.

Der Bullige vorneweg:

„Wir möchten jetzt ihr Fahrticket sehen!"

„Nächste Station: Baumwall", sagt eine Frauenstimme über Lautsprecher in die Szene hinein.

Tigerjacke beginnt noch mehr zu zucken und zu wackeln.

Ich möchte aufspringen und rufen ‚Jetzt lasst doch mal von dem armen Hund ab! Ihr seht doch, dass da was nicht ganz okay ist mit dem'. Aber ich sitze nur dort und starre auf die Szene, völlig unfähig, mich zu bewegen. Mir wird heiß und ich öffne meinen Mund, um zu atmen. Und außerdem habe ich kein Ticket.

Die Bahn fährt in die Station ein. Das Tempo der Fahrt verlangsamt sich.

„Entschuldigung, aber wir müssen jetzt Ihr Ticket sehen", sagt einer der dazugekommenen Kontrolleure.

„Oder aber Sie geben uns Ihren Personalausweis für die…"

In diesem Augenblick kommt die Bahn zum Stehen und ein ‚Bsch' kündigt an, dass die Türen entriegelt sind.

Plötzlich ist Tigerjacke von seiner Starre befreit. In einer Geschwindigkeit, die meine Augen kaum erfassen können, reist er die Türen auf und springt auf den Bahnsteig. Sein Glück, dass da grade niemand einsteigen will. Der Bullige und der andere mit den zu kurzen Hosenbeinen sind auf Zack und nehmen umgehend die Verfolgung auf. Die beiden anderen benötigen etwas mehr Zeit, um die Situation zu verstehen. Dann setzen sie sich auch in Bewegung.

Ich lehne mich auf meinem U-Bahn-Sitz nach vorne und verdrehe meinen Kopf, so dass ich sehen kann, wie der Bucklige Tigerjacke im Rennen an seiner Jacke packt. Das drosselt das Tempo von ihm beträchtlich. Der Bullige kommt jetzt ran und schnappt Tigerjacke an seinem linken Arm. Der ist ausgebremst. Die anderen beiden Kontrolleure stürmen auf die drei zu. Kaum erreicht, nimmt einer der beiden Tigerjacke in den Schwitzkasten und schreit:

„Das hab' ich mir doch gedacht, du Bürschchen!"

Tigerjacke versucht sich zu wehren, weil ihm wohl die Luft wegbleibt, aber das spornt die Kontrolleurmeute nur noch mehr an. Sie zerren an Tigerjacke rum, der sich seinerseits aus der Umklammerung zu winden sucht. Das geht natürlich nicht ganz so gut. Weil jeder in eine andere Richtung zerrt, passiert erstmal gar nix. Und dann plötzlich entsteht so etwas wie eine Kettenreaktion – alle vier (der übrige Kontrolleur steht nur neben der Szene und weiß nicht so recht, wo er anpacken soll) geraten aus dem Gleichgewicht, stolpern zwei Meter nach links, dann wieder drei nach rechts, um schließlich vollends die Kontrolle zu verlieren und auf den Boden zu stürzen. Der Bullige fällt auf den Kontrolleur, der Tigerjacke im Schwitzkasten hat, der wiederum mit dem Gesicht auf den Boden knallt, weil er aus dem Schwitzkasten nicht entlassen wird. Nur der Bucklige mit den zu kurzen Hosenbeinen sucht sich seinen eigenen Sturzweg, lässt von Tigerjacke ab und bevorzugt einen freien Fall auf sein Steißbein, was wohl schmerzt, da er mit einem lautstarken „AH!" seine Sitzposition einnimmt.

Jetzt greift auch der andere Kontrolleur in das Gemenge ein. Er setzt sich auf den Rücken von Tigerjacke, also genau auf den Tiger. Der Bullige stellt sich wieder hin und Tigerjacke wird aus dem Schwitzkasten gelassen. Dafür drehen jetzt die beiden später gekommenen Kontrolleure die Arme von Tigerjacke auf seinen Rücken, was dem nicht gefällt.

„Was machen Sie denn da?", schreit er.

Was ich in dieser Situation als äußerst höflich empfinde. Und dann der Bullige mit lauter aber dennoch zittriger Stimme:

„Das wird ein Nachspiel für dich haben, mein Junge!"

Eine Frauenstimme entlässt im Anschluss ein ‚Zurückbleiben bitte!' in die Luft am Baumwall. Die beiden Kontrolleure richten Tigerjacke auf und auch der Bucklige steht wieder und reibt sich seinen Arsch. Dann pfeift dreimal ein schrilles Piepen durch den Waggon bevor sich die Türen mit einem Knall schließen und die Bahn sich Richtung Landungsbrücken in Bewegung setzt.

Ich lehne mich auf meiner Sitzbank zurück und starre in den Wagenraum. Niemand rührt sich. Alle sehen exakt genauso aus wie fünf Minuten zuvor. Es ist nichts passiert. Nur eine Fußnote auf der Bahnfahrt. Aber ich zittere nicht mehr. Ich atme durch den Mund, langsam und starr. Und als an den Landungsbrücken jemand mit Gitarre zusteigt und mein Sitznachbar an seinem Ziel angekommen ist und den Waggon verlässt, bin ich ganz ruhig.

Der Klangkörper der Gitarre ist mit Schrammen und Kratzern übersät. Über den Gitarrenkopf ist ein Strumpf gestülpt. Ein Seil aus zerfetztem Stoff dient als Gurt, damit die Gitarre am Oberkörper des Spielers hängen bleiben kann. Die rostigen Stahlseiten der Gitarre müssen beim Spielen in die Fingerkuppen einschneiden, doch es sieht nicht so aus, als würde das den Spieler interessieren. Seine Harre sind lang und fettig und quellen aus einer Baseballmütze mit der Aufschrift ‚L.A. Rangers'. Er trägt eine dunkelblaue Weste, aus deren Löchern weiße Wolle hervorschaut. Unter der Weste sehe ich ein rotkarier-

tes Holzfällerhemd. Die Ärmel sind bis zu den Ell-
bogen hochgeschlagen. Seine ausgewaschene Jeans
läuft an den Hosenbeinenden eng zusammen und
schließt am Knöchel seines ausgemergelten Körpers
ab, exakt an der Stelle, an der die ehemals weißen
Turnschuhe zu wippen beginnen, als sein Gitarren-
spiel einsetzt.

Er steht im Eingangsbereich des Waggons genau in
der Mitte des Durchgangs. Sein Körper ist in mein
Drittel des Abteils gerichtet. Niemand sitzt in dieser
Richtung. Außer mir. Ich bin sein Publikum, und er
ist mein Interpret. Seine Augen sind geschlossen. Er
weiß nicht, für wen er spielt. Und er schwankt. Möglicherweise aus Erschöpfung. Die Bahn fährt ruhig
und niemand schaut auf, als sein Gesang einsetzt.

Doch seine Stimme ist stark und fest. Er singt auf
Englisch. Ein Lied, das ich noch nie gehört habe.
‚Eigenkomposition in der U-Bahn', denke ich. Nur
seine Stimme und das Spiel stehen im Raum. Und es
ist so intensiv, so verdammt intensiv, dass ich auch
beim ersten Refrain noch nicht merke, dass er da
eigentlich einen Song von Tom Petty singt. Und
dann als ich es merke, überlege ich, ob es wirklich
Tom Petty ist, denn das was der hier spielt, ist um so
viele Klassen besser, dass ich beschließe, ihm einen
Schein in die Hand zu drücken, wenn er nach seiner
Vorstellung nach Geld fragen wird. Aber ich rühre
mich nicht. Keine Bewegung, kein Zucken, kein Au-

genlid, das sich zum Befeuchten der Netzhaut schließt. Er singt ‚Into The Great Wide Open'.

Ohne die Augen zu öffnen, ohne aufzuschauen und ohne nach Geld zu fragen, verlässt er eine Station später den Wagen. Ich sitze, atme und rühre mich nicht. Und als sich die Türen des Wagens wieder schließen und wir unsere Fahrt im schwarzen Tunnel fortsetzen, merke ich, wie sich Tränen über meine Wangen bis zum Kinn vorarbeiten, um von dort mit einem unhörbaren Absprung in die Tiefe zu stürzen. Ich weiß nicht warum, aber bis zu meinem Tod werde ich 69,5 Liter Tränen vergießen.

sechs

Wenn man nach Mitternacht seine Arbeitsschicht beendet, sind nur die allerwenigsten Menschen gewillt, in der eigenen Küche noch essbare Wunder zu vollbringen. Die meisten, und dazu gehöre ich, greifen auf das örtliche Fast-Food-Angebot zurück. Ohnehin hält sich in meiner Küche hin und wieder ein Mitbewohner auf. Beizeiten ist dieser aufgrund meines notorisch unterfinanzierten Lebens nötig. Sechs Monate ist das jeweilige Maximum meiner Untervermietung. Meistens suche ich mir Mitbewohner, die zumindest am Wochenende nicht da sind, weil sie nach Hause fahren. Nach Hause bedeutet, zu ihren Freunden, Eltern, eigentlichen Wohnungen, Geschlechtspartnern, Sonntagsspaziergängen, Lieblingseinkaufsmärkten, Haustieren, Wochenzeitungen, Hausschuhen, Joggingwegen, Stammkneipen, Büchern, Betten, Versicherungsvertretern und Rechnungen – kurz: zu ihrem gesellschaftlichen Leben. Der Markt für Untermieter, die nur für begrenzte Zeit eine Unterkunft suchen, reißt nicht ab: unbezahlte Praktika, Zeiteinstellungen und so genannte Freelancer, die für die Zeit eines Projektes in der Stadt sind. Selbst eine Kellerwohnung scheint da kein Problem zu sein. Doch Kellerwohnung sagt man nicht, man nennt das Souterrain. Für diesen Ausdruck kann der Immobilienmakler drei Monatsmieten Courtage, ein Begriff aus dem Wortschatz des Börsengeschäftigen, für seine Vermittlung verlangen. Als ich mir vor drei Jahren mit rund 20 weiteren Wohnungssuchenden meine aktuelle Kellerwohnung besichtigte, stand der Immobilienmakler mit einem Klemmbrett in der linken Hand und einem Kugelschreiber in der rechten im Eingangsbereich der Wohnung. Das Klemmbrett vor seinen Bauch haltend, versuchte er geschäftig zu wirken, indem er unaufhörlich auf den eingeklemmten Zettel auf seinem Brett starrte und die Mine des Kugelschreibers durch übertrieben schnelles Klicken ein- und wieder ausfuhr. Dabei wackelte er mit der Kugelschreiberhand unruhig, so dass das Klimpern seines goldenen Handgelenkkettchens den Takt des Kugelschreiberklickens verfeinerte. Ja, bis eine sehr entschlossen wirkende junge Politik-Studentin ihn darauf ansprach, dass im Badezimmer schwarzer Schimmel das Grundmuster der Wände bestimmen würde. Woraufhin er das Klicken einstellte und von dem Klemmbrett aufsah.

„Schimmel? Nein, das glaube ich nicht."

„Das ist, denke ich, keine Glaubensfrage", erwiderte die Politik-Studentin und verbaute sich mit dieser Äußerung jegliche Chance, in die engere Auswahl der potenziellen Mieter zu kommen, was sie zu diesem Zeitpunkt wahrscheinlich auch gar nicht mehr wollte.

„Sie müssen lediglich in das Badezimmer gehen. Dann werden Sie den Schimmel schon bemerken. Kommen Sie!"

Während des ‚Kommen-Sies' drehte sie ihren Körper leicht nach links, um ihm anzudeuten, dass die beiden auch gerne zusammen nachschauen könnten.

„Nein!"

„Sie möchten den Schimmelbefall nicht sehen?"

„Ich kenne die Wohnung."

„Dann kennen Sie auch den Schimmel."

„Hier gibt es keinen Schimmel!"

Die Studentin stand mit weit aufgerissenen Augen vor dem Immobilienmakler, atmete tief ein, schüttelte dann den Kopf und ging. Der Makler hatte gewonnen. Ich bekam den Schimmel und er drei Monatsmieten als Vermittlungslohn.

Im Fenster meiner Lieblingslokalität mit dem Namen ‚Kleine Pause' hängt schon seit Wochen eine Nachricht. Mit schwarzem Stift steht auf weißem Zettel geschrieben: „Wegen Rennovirung geschlosen". Also gehe ich zu ‚The Best One', einem neu ausgebauten

Dönerladen direkt neben der U-Bahn. ‚Besser geht's nicht', denke ich mir. Auf einem Leuchtschild über der Glasfront ist links neben dem Namen des Imbisses eine Hand abgebildet, die einen Kebab hält. Rechts von der Schrift sieht man eine unten spitz zulaufende Pommes-Tüte, in der eine Gabel steckt.

‚The Best One' bietet Döner Kebab (Chicken und Kalb je nach Wunsch), Lahmacun, Börek, Frikadelle, Schnitzel, Pommes Frites, Rindswurst, Thüringer, Bockwurst und Currywurst. Bis zu meinem Tod werde ich 848 Kilogramm Fleisch, genauer 3,2 Kühe, 45,5 Schweine und 926 Hühner, gegessen haben. Ich entscheide mich für eine Frikadelle, dazu eine Extraportion Kartoffelsalat. Ich setze mich auf einen Barhocker. Die Glaswände lassen mich den Verkehr auf der Straße beobachten. Außer mir macht nur noch eine weitere Person Gebrauch vom Nachtservice der beiden ‚The Best One'-Betreiber. Am anderen Ende des Raums sitzt ein Mann im mittleren Alter mit beiger Winterjacke, schaut aus dem Fenster und isst eine Currywurst, extragroß. Vor uns befindet sich die Nacht. Die Straßen sind fast menschenleer. Nur hin und wieder sieht man einzelne Personen aus dem U-Bahn-Zugang kommen. ‚Ich könnte die Nacht über hierbleiben', denke ich. Am Laternenmast geradewegs vor meinem Fenster hängt ein gelbes Schild. ‚Dieser Platz wird zu ihrer Sicherheit videoüberwacht'. Ich schaue mich um, kann jedoch keine Kamera entdecken.

Die Tür geht auf. Der Mann könnte Anfang vierzig sein. Er trägt Kassengestell, Stacho und gepflegten Schnauzer. Sein Blick ist auf den Boden gerichtet. Er ruft:

„Einen Kaffee!"

„Geht klar, Chef", sagt der rechte The-Best-One-Betreiber.

Der linke ruft:

„Frikadelle mit Senf oder Ketchup?"

„Senf", sage ich und drehe mich zur Theke.

„Aber nicht schon wieder den Zucker vergessen", nölt Schnauzbart und setzt sich auf einen Hocker direkt neben der Eingangstür.

„Ach komm Chef, ich vergesse nie, was du willst", sagt der rechte.

„Du Spinner, machst du immer."

‚Toller Reim', denke ich

„Nee, schwarz mit viel Zucker und nix mit Milch."

„Spinner, du", nölt Schnauzer wieder.

„Einmal Frikadelle mit Kartoffelsalat", ruft der linke. Seine rote Papiermütze ist leicht verrutscht.

Ich springe von meinem Hocker auf.

„Danke", sage ich und nehme den Teller entgegen.

„Könnte ich vielleicht auch noch ein Bier bekommen?"

„Bier?"

„Ja!"

„Beck's, Astra oder Holsten?"

Ich stelle meinen Teller auf die Holzimitatleiste, die zwischen der Glaswand und meinem Hocker ist.

„Astra."

Schnauzbart sitzt mit eingesunkenem Rücken auf seinem Barhocker und starrt auf die Leiste. Zwischen ihm und mir stehen noch drei weitere Hocker. Dann nehme ich das Bier entgegen, bezahle und nicke als Zeichen meiner Dankbarkeit.

Der andere bringt jetzt den Kaffee.

„Und wie geht's?", fragt er Schnauzbart.

„Ha ha, wie geht's? Wie geht's dir denn?"

„Geschäft läuft nicht so gut heute, aber sonst gut."

„Ja?"

„Ja, ja."

Ich setze mich auf meinen Hocker und stochere mit der Gabel in den Kartoffelsalat, der mehr aus Mayonnaise als aus Kartoffeln besteht.

Die The-Best-One-Servicekraft neben Schnauzbart zündet sich eine Zigarette an. Ich drehe mich zu der anderen um. Sie steht hinter der Theke mit dem Rücken an die Wand gelehnt und sieht zur Decke. Ich sehe auch kurz zur Decke. Da gibt es aber nichts. Also schaue ich lieber auf meine Frikadelle.

„Und was machen die Frauen, mh?", fragt der Best-One-Mann.

„Spinner du, ich hab doch keine", nölt Schnauzbart und wendet seinen Blick nicht von der Kaffeetasse, die vor ihm steht.

„Und warum nicht?", fragt Spinner.

Schnauzbart gibt ein Geräusch von sich, das sich anhört wie ein dumpfes Pfeifen.

„Na, weiß nicht … Ich hab noch nicht die Richtige gefunden."

„Frauen gibt es viele. Überall was Gutes dabei."

„Spinner du, bei euch vielleicht. Da bekommt ihr die von der Familie geliefert. Bei uns läuft das anders."

„Nee, jeden Tag kommen hier viele gute Frauen vorbei. Und geliefert bekommen wir nix."

„Was ‚viele gute'? Die sind doch alle schon vergeben", sagt Schnauzbart und starrt auf seinen Kaffee. Die Servicekraft zieht an ihrer Zigarette, und ich esse meine Frikadelle.

„Vielleicht musst du ausgehen."

„Mach ich doch!"

„Du gehst trinken. Du musst tanzen!"

„Spinner du, das gibt es nicht. Wie bei euch auf der türkischen Hochzeit, oder wie? Nee."

Der Best-One-Mann bläst Rauch in meine Richtung, dann drückt er seine Zigarette im Aschenbecher vor ihm aus. Ich nehme einen Schluck aus der Bierflasche und spüle die Mayonnaise runter.

„Du hast getrunken!"

Schnauzbart nimmt einen Schluck Kaffee.

„Nee, heute nicht", sagt er.

„Doch, ich denke schon."

„Nee, hab ich nicht. Muss morgen früh arbeiten."

Aber die Servicekraft gibt nicht auf: „Ach ja?"

„Ja."

„Das hält dich ab?"

Schnauzbart schüttelt seinen Kopf.

„Spinner du, heute nicht."

Beide schauen aus dem Fenster. Der Best-One-Mann zündet sich eine weitere Zigarette an und Schnauzbart leert die Kaffeetasse.

„Was trinkst du?", fragt der Best-One-Mann.

„Was?"

Seine Gegenfrage klingt wie eine Antwort.

„Wein?"

„Nee."

„Grappa?"

„Nee."

„Ah, ich weiß, Wodka. Russisch, hä?"

„Nee."

„Dann klassisch Schnaps?"

„Gestern war ich bei Dr. Küchmeister. Da gab's Whiskey. Schon auch lecker."

„Der Doktor trinkt Whiskey?"

„Weiß nicht, gestern nicht."

„Der hat eine Feier gemacht?"

„Im Garten waren wir."

„Du weißt ja, du solltest weniger trinken. Mit mir kannst du reden."

Die Frikadelle und der Kartoffelsalat sind gegessen. Ich stehe von meinem Hocker auf, nehme den Teller und stelle ihn auf die Theke. Der andere The-Best-One-Mann nickt, und ich nicke zurück.

„Ich bin letzte Nacht um vier Uhr nach Hause ge-kommen. Heute habe ich aber nichts getrunken, du Spinner", sagt Schnauzbart.

Ich nehme mir noch eine Flasche Bier für den Weg mit nach draußen.

Auf dem Platz vor dem Imbiss ist es menschenleer. Ein kalter Wind bläst Papierschnipsel an mir vorbei. Ich stehe auf dem Platz und drehe mich einmal ganz langsam um mich selbst. Ich suche alles ab, aber ich kann nichts erkennen. Nur das Licht der Straßen-lampe scheint vergilbt über mich, die Telefonzellen und die Mülltonnen neben mir. Es hat keinen Sinn, ich sehe keine Überwachungskamera. Ich wollte nur kurz winken. Ich wollte dem Menschen, der vor tau-senden von Bildschirmen sitzt, eine gute Nacht wün-schen. Ich wollte ihm zeigen, dass ich die Situation hier unten unter Kontrolle habe, dass alles friedlich ist und er sich keine Sorgen machen muss. Ich wollte ihm sagen, dass wir nette Menschen sind, und wenn er sich für unser Leben interessiert, er dann nur vor-beikommen bräuchte. Wir würden uns bestimmt gut verstehen. Ich glaube, er würde uns verstehen.

Als ich auf das Display meines Smartphones schaue, um die Uhrzeit abzulesen, fällt mir auf, dass jemand eine Nachricht auf meiner Mailbox hinterlas-sen hat.

sieben

„Guten Tag, ich hoffe, dass ich mit dem Richtigen verbunden bin, aber ... ja, ich denke schon, meine ... Recherche lässt diesen Schluss zu. Nicht, dass Sie denken, man spioniere Ihnen nach ... Nein, also in diesem Fall hab ich das natürlich schon aber auch nicht wirklich, nur Ihrer Nummer ... Sie merken, ich mache das nicht jeden Tag, und es gibt sicherlich angenehmere Momente, um ein Telefonat zu führen.

Sehen Sie, ich bin nicht besonders gut in so etwas ... Das Telefon erschwert die Lage noch zusätzlich ... Entschuldigen Sie bitte, wenn ich etwas zerfahren wirke ... Ich habe bereits am gestrigen Abend mehrmals versucht, auf Ihrem Festnetzanschluss anzurufen, konnte Sie jedoch nicht erreichen. Glücklicherweise war es mir möglich, auch die Nummer Ihres Mobilfunkanschlusses ausfindig zu machen ... Sie können mir glauben, dass ich es vorziehen würde, dieses Gespräch mit Ihnen persönlich zu führen.

Ich hoffe, ich störe Sie nicht ... es handelt sich bei meinem Anruf aber um eine ernste Angelegenheit.

Und sehen Sie, es steht nicht unbedingt in meinem Aufgabenbereich, dieses Telefonat zu führen ... es ist mir jedoch mittlerweile auch persönlich wichtig. Und ich betrachte dieses Telefonat irgendwie auch ... als meine Angelegenheit. Und ich weiß, ich hätte mich eher bei Ihnen melden können ... oder müssen ... es ist jedoch, wie gesagt ... nun ja, zusätzlich erschwerten gewisse Umstände den Entschluss meines Anrufs. Selbstverständlich möchte ich Sie mit dem Telefonat zu nichts überreden oder Sie zu irgendetwas zwingen, was Sie ganz und gar nicht möchten ... Ich sehe mich hier lediglich als ... eine Art ... Impulsgeber, wenn Sie so möchten.

Sehen Sie, mein Name ist Monika Kreidler, und ich bin Mitarbeiterin des Reinigungsdienstes ‚Glänzblick'. Ich weiß nicht, inwieweit Sie informiert sind ... auf jeden Fall habe ich meinen festen Kundenstamm, zu dem ich je nach Wunsch ein- bis dreimal in der Woche nach Hause komme, um dort zu ... ja, eben zu reinigen. Unter anderem ist einer meiner Kunden Gerhard ... also Ihr Vater.

Die Sache ist die, dass mir Ihr Vater in den vergangenen Monaten sehr ans Herz gewachsen ist ... also ich würde sagen, wir pflegen ein mittlerweile sehr freundschaftliches Verhältnis. Wahrscheinlich sind Sie nicht darüber informiert, dass Ihr Vater Gebrauch von einem Reinigungsdienst macht. Woher auch. Nun, das wäre wohl ... also ... ja, nun mal frei von der Leber weg: Ihr Vater hatte vor nunmehr mehr als neun Monaten einen Schlaganfall.

Ich möchte Sie auf keinen Fall beunruhigen. Es handelte sich dabei offensichtlich um einen leichteren Schlaganfall. Seitdem helfe ich in dem Haushalt Ihres Vaters aus, der ein ganz reizender Mann ist, wenn Sie mich fragen ... Ja also, es bleiben, soweit mir gesagt wurde, keine gravierenden ... Rückstände? ... Einschränkungen! ... Nun ja, eben bis auf die rechte Körperseite, bei der sich Lähmungserscheinungen ... bemerkbar machen.

Was ich eigentlich sagen möchte: Ihr Vater könnte in seinem Genesungsprozess Unterstützung gebrauchen.

Dieses Telefonat führe ich nicht auf Anordnung oder sonst irgendeinem Hinweis. Er ist mein ganz persönliches Anliegen.

Sie haben seit zweieinhalb Jahren keinen Kontakt mehr zu Ihrem Vater.

Ein Besuch würde Ihrem Vater unendlich viel Freude bereiten. Glauben Sie mir.

Lassen Sie sich mal wieder blicken."

acht

Von weitem glaube ich, auf den Treppenstufen, die zu meiner Kellerwohnung führen, eine Person zu sehen. Das Licht der Straßenlampe, die sich ungefähr fünf Meter neben dem Abgang befindet, flackert. Schon seit drei Monaten blinkt das Licht wie ein Stroboskop einer Vorstadtdisko. Seit drei Monaten hoffe ich, dass die Kontakte in der Birne dem Blitzlichtgewitter nachgeben. Und seit drei Monaten halten sie Stand. Es scheint, als würden sie sich gegen ihren allzu frühen Tod wehren, als könnten sie nicht von der Szenerie lassen, als seien sie gezwungen, eine unausgesprochene Pflicht bis zum bitteren Ende zu vollziehen. Jetzt wenn das Licht auf meinen Kellerabgang trifft, erkenne ich einen schwarzen Knäuel auf der zweiten Treppenstufe. Ein betrunkener Pinkler, könnte ich wetten. In maximal zweiwöchentlichen Abständen uriniert jemand nachts an meine Haustür. Jedes Mal wenn ich morgens die Haustür öffne und der Ammoniakgeruch einer öffentlichen Toilette meine Nasenflügel zusammenfahren lässt und mir Stiche auf meiner Lunge versetzt und sich vor mir eine noch nicht ganz eingetrocknete Lache abzeichnet, die genau vor meinen Füßen endet, wünsche ich mir, nur ein einziges Mal einen Urinablasser auf frischer Tat zu erwischen. Ich male mir aus, wie er dort steht mit weit geöffneter Hose, weil er in seinem Suff von der Reisverschlussöffnung seines Hosenlatzes überfordert ist, seine Unterhose bis unter den Hodensack geschoben und versucht, mit beiden Händen den Strahl seines Hautlappens zu fixieren. In meinen Gedanken schleiche ich mich an ihn heran und gebe ihm einen Tritt in den Allerwertesten. Er stürzt nach vorne an meine Haustür. Die Hände noch an seinem Pimmel stößt er sich den Kopf und fällt schließlich in seinen eigenen Urin. Dann, hier variieren meine Wunschvorstellungen je nachdem, welches Gesicht ich mir für den Urinierer vorstelle, sage ich höflich: ‚Wie Sie sehen, ist Urin weder ein Getränk noch ein Badewannenzusatz, man möchte also nur ungern mit dieser Substanz, und schon gar nicht, wenn es nicht einmal die eigene ist, mehr Zeit verbringen als nötig. Aus ihrer Sicht können Sie natürlich einwenden, dass es durchaus für Sie nötig war, für mich allerdings beläuft sich der Wunsch einer Beschäftigung mit ihrem Urin auf gleich null. Da Sie sich also gerade an meinem Wohnungszugang vergangen haben und wie ich feststelle, nicht zu derjenigen Sorte Mensch gehören, die ihren Urin in einem Becher auffangen, um ihn sich oral wegen diverser Hautkrankheiten einzuverleiben, und ich auch keinerlei Anzeichen dafür sehe, das Sie Ihren Urin als klassisches Reinigungsmittel zur Säuberung meiner Treppen und meiner Haustür einsetzen, rate ich Ihnen, schleunigst Ihr Geschlecht in Ihrer Unterhose zu verstauen und schnellstmöglich eine Toilette aufzusuchen, die diesen Namen zu Recht trägt.' Eine andere Version ist etwas emotionaler und kürzer gefasst. Ich stehe mit verschränkten Armen über dem Harnmann und sage mit tiefer und bedrohlicher Stimme: ,Und jetzt verpiss dich!' Der Wortwitz kommt mir sogar in meiner Vorstellung armselig vor. Die Reaktion des Überrumpelten ist jedoch immer die gleiche. Er sieht mich ängstlich und verwundert an, pinkelt sich noch kurz an die eigene Hose und verschwindet.

Ich nähere mich erbost und unsicher, da ich nicht weiß, ob ich wirklich in der Lage bin, meinen Wunschgedanken umzusetzen, meiner Wohnung. Jedes Mal wenn das Licht flackert, sehe ich die schwarze Silhouette, die sich mir immer mehr als eine einheitliche Materie präsentiert. Außer mir und dem Knäuel ist niemand auf der Straße unterwegs. Ich schaue auf die Fenster, um zu untersuchen, ob noch Lichter in den Wohnungen brennen – ich also nicht ganz alleine nur auf mich gestellt bin – und sehe zwar einige erleuchtete Zimmer, ,Was aber', frage ich mich, ,wenn nur das Licht brennt, der Bewohner aber bei laufendem Fernsehgerät im Sessel eingeschlafen ist?' In dem Fall wäre ich dann doch auf mich allein gestellt. Nur für den Fall, dass die schwarze Materie da vorne nicht ganz so harmlos ist. Ich drossele meine Geschwindigkeit. Dabei fällt mir auf, dass ich noch eine Bierflasche in der rechten Hand halte, die zwar fast leer ist, als Verteidigungsinstrument aber durchaus noch ihre Zwecke erfüllen könnte. Ich fasse neuen Mut, atme tief ein und aus und nehme meine ursprüngliche Geschwindigkeit wieder auf. Scheinwerfer eines Autos erhellen die gegenüberliegende Straßenseite. ‚Wenn ich dem Typen meine Flasche über den Schädel haue, darf ich aber auch keine Zeugen haben', denke ich. Als sich das Auto nähert, gehe ich betont cool und lässig, was sich anfühlt als verlöre ich die Kontrolle über meine Beine, aber ich komme voran, und dann erleuchten die Scheinwerfer des Wagens beim Vorbeifahren meinen Treppenabgang.

Das Knäuel ist zumindest mit Sicherheit ein Mensch. So viel steht fest. Vornübergebeugt, die Arme angewinkelt auf den Knien liegend, den Rücken zu einer halbrunden Kugel verformt und den Kopf reglos durch die Stirn auf den Armen abgestützt, sitzt eine Person auf der zweiten Stufe meines Treppenabgangs und scheint zu schlafen. Ich lockere den Griff um meine Bierflasche. Im Scheinwerferlicht konnte ich einen Streifen erkennen. Ein roter Streifen, der diagonal verläuft, ist auf dem Rücken des Sitzenden zu erkennen. Der Streifen ist an den Seiten ausgefranst und erreicht in der Mitte des Rückens seinen breitesten Punkt. An dem oberen und unteren Ende läuft er schmal zusammen und löst sich irgendwann ganz auf. ‚Ich kenne diesen Streifen', denke ich. Und dann: ‚Ich kenne diese Jacke.' Ganz eindeutig, das ist eine Jacke, die mir sehr bekannt vorkommt. Ich bin jetzt auf der Seite des Hauses, in dem sich meine Kellerwohnung befindet, angelangt. Die Bierflasche, von der ich nicht ausgehe, dass ich sie noch gebrauchen könnte, stelle ich auf einen schmalen Fenstersims, der gerade breit genug für eine Bierflasche ist, des Altbauhauses, auf das ich schauen würde, hätte ich ein Fenster, das zur Straße zeigen würde, und überquere die leere Straße, in der sich die Straßenlampe an ihrer ganz eigenen Lichtshow erfreut, geradewegs auf das rote Backsteinhaus zu, neben dessen Eingangsbereich mit der zweiflügeligen Tür aus blaulackiertem Holz in ungefähr drei Metern Abstand auf der linken Seite ein schmaler Treppenabgang nach unten führt, auf dessen zweiter Stufe eine Gestalt mit rotem Streifen auf dem Jackenrücken sitzt.

Ich bleibe in dreißig Zentimetern Abstand hinter dem Treppensitzer stehen. Es scheint, als hätte er mich nicht bemerkt. Keine Regung. ‚Der wird doch wohl noch am Leben sein', schießt es mir im Bruchteil einer Sekunde durch den Kopf. Neben dem Typen mit der rotgestreiften Jacke wäre ja durchaus noch genügend Platz, um einfach an ihm vorbei zu gehen, und außer hier sitzen und möglicherweise schlafen, ‚oder vielleicht auch sterben', rast es mir als Gedanke, den ich aber schnell zu unterdrücken weiß, durchs furchtgefährdete Hirn, macht er ja nichts. Wer wäre ich, würde ich einem Ruhenden seine Ruhe verwähren? ‚Kein guter Mensch', denke ich mir. Ich beschließe, den Sitzenden sitzen zu lassen. Das Thema ist für mich erledigt. Morgen in der Frühe sollen ihn die ersten Sonnenstrahlen wecken, dann wird er mit einem Brummschädel ausgestattet schon sein eigenes Bett finden. Ich greife in meine Hosentasche und ziehe den Schlüsselbund heraus, der an einer schwarzen Ledertasche hängt, von der ich nicht weiß, woher ich sie habe. Auf der Ledertasche sind noch ganz leicht Versalien in weißer Farbe zu erkennen: AUTOHAUS APPEL. Vereinzelte Krampen zieren eine Seite der Taschenöffnung. Einen Schieber gibt es nicht mehr. Das Geklimper der Schlüssel lässt den Typen vor mir zucken und mich erstarren. Jetzt bin ich reglos. Zehn, zwanzig Sekunden stehe ich nur so da, ohne mich zu bewegen. Dann setze ich ganz langsam einen Fuß neben ihn auf die erste Stufe. Ich atme flach, trete ganz sanft auf den grauen Beton und greife mit meiner rechten Hand, um mich zu stützen, an den Wandverputz des Abgangs.

So halte ich Balance während meines Abstiegs.

Ganz langsam taste ich mich an dem Sitzenden vorbei. Jedes Mal wenn das Licht der Straßenlampe einen kurzen Schein Richtung Kellerabgang wirft, halte ich kurz inne, so als würden die Geräusche meiner Bewegungen in der Dunkelheit verschluckt, als seien sie nur unter Licht hörbar. Wenn die Straßenlampe erlischt, atme ich. Meinen Körper halte ich unter Kontrolle. Ich vermeide das kleinste Zucken meines Augenlids. Nur die Fußspitzen tragen mein Gewicht. Ich bin ein Tänzer in der Nacht. Geschmeidig in Zeitlupe vollziehe ich meine Bewegungen in vollkommener Stille, und dennoch pocht das Blut durch meine Halsschlagader, so dass ich nicht weiß, ob es mein Herz ist, was ich wahrnehme, oder meine Ader, die sich prall gefüllt mit Blut gegen meinen Hals stemmt.

Als ich auf der letzten Stufe ankomme, atmet die Person hinter mir laut aus. Das „Pfhhhhhh" hört sich wie ein halbes Röcheln an. Ich drehe meinen Kopf nach hinten, um zu sehen, ob sich an der Sitzposition irgendetwas geändert hat. Meine Beine wollen aber weiter. Die zarten Schritte haben sich verselbstständigt, sie sind in einen Fluss geraten, der seinen Weg ins Meer sucht. Weil ich aber nicht nur meinen Kopf nach hinten drehe, sondern auch der Oberkörper einen Winkel einnimmt, der sich Kontrovers zu meinem Unterleib verhält, löst sich meine rechte Hand von dem Verputz der Hauswand. Um Balance zu halten, vollziehe ich eine ruckartige Bewegung mit dem linken Arm, die allerdings so ruckartig ist, dass ich den Schlüsselbund in meiner linken Hand nicht mehr halten kann und er wie eine Leuchtrakete in die Luft schießt. Panisch richtet sich mein ganzer Körper dem fliegenden Schlüsselbund entgegen. Mit beiden Händen versuche ich, nach der kleinen Ledertasche mit dem kaum mehr erkennbaren Schriftzug über mir in der Luft zu greifen. Von den Schlüsseln angetrieben, die sich längst nicht mehr in der Tasche befinden, schneidet sie eine unsichtbare Bahn in die Nacht meines Treppenabgangs. Das Gezappel nehme ich nur in Konturen war und greife direkt an der Tasche vorbei. Am Rücken meiner rechten Hand spüre ich das weiche Leder hinabfahren bevor mich die Schlüssel mitten auf der Stirn erwischen und ich vornüber mit dem Kopf gegen die hölzerne Haustür mit den aufgedunsenen Rissen falle. Nach meinem nicht vermeidbaren lautstarken Aufschrei, der wohl so etwas wie „Auascheiße" heißen sollte, schlägt auf den winzigen Betonvorraum vor meiner Wohnungstür zuerst der Schlüsselbund ein und dann mein Körper.

Und dann tönt ein lautes „Was?" durch die Nacht, das mich, angestachelt von einem Adrenalinschub, der meine potenziellen Kopfschmerzen außer Gefecht setzt, in Sekundenschnelle mit einem „Wie?" antworten lässt.

„Was machst du denn?", höre ich in voller Lautstärke, während ich versuche, meinen Körper in eine halbwegs kontrollierbare Position zu bringen.

„Was denn?", antworte ich gereizt.

Unter leichtem Lachen schallt mir wieder ein „Was machst du?" mit Betonung auf dem ‚machst' entgegen.

Und als ich es endlich schaffe, mich aufzurichten und meine Ärmel und Hosenbeine abklopfe, um festzustellen, ob da noch Leben drin ist, schaue ich auf zu der Person, die da auf meiner Treppenstufe sitzt und mir jetzt direkt ins Gesicht schaut. Und dann fällt mir auch wieder ein, woher ich die Jacke mit dem roten Streifen kenne. Und ich sage:

„Olaf, was machst du denn hier?"

Olaf ist ein Freund. Oder zumindest kein Unbekannter. Kennen gelernt habe ich Olaf auf einer so genannten Charity-Veranstaltung. Er war dort als Vertreter seiner Abteilung der Werbeagentur, bei der er arbeitet, ich als Zapfer. Mit einer schwarzen Schürze, auf die in weißen Buchstaben in meiner rechten Hüftgegend das Motto des Abends gedruckt war – „HELP CHILDREN FOR A BETTER FUTURE" – stand ich hinter einer Zapfanlage, die wiederum hinter einer schwarz glänzenden Theke angebracht war, auf der kleine Vasen mit jeweils einer einzelnen roten Rose standen, und füllte Biergläser. Im Vorfeld erhielt ich drei DIN A4-Zettel mit Hinweisen für ein angemessenes Erscheinungsbild und Verhaltensvorschriften. „Erscheinen Sie frisch rasiert", „Das Tragen von Ringen, Ohrringen, Halsketten und Piercings jeglicher Art ist nicht gestattet", „Wenn Sie eine Tätowierung tragen, verpflichten Sie sich, diese am Arbeitstag durch ein Kleidungsstück zu überdecken", „Die Wünsche der Gäste werden bedingungslos erfüllt. Bei Komplikationen informieren Sie den Teamleiter", „Sprechen Sie die Gäste nur an, um Ihnen etwas anzubieten", „Verwenden Sie keine Umgangssprache" – knapp 60 Punkte. Ein roter Ausrollteppich führte in das umgebaute Fernsehstudio. Kurz vor der Eingangstür waren Fackeln angebracht, die den weit geöffneten Eingangsbereich erhellten, in dem zwei ca. 20-jährige blonde Hostessen die schwarzen Vorhänge aufhielten, um die Besucher in das Showprogramm der Gala einzulassen. Nach dem zweistündigen Programm, in dem Entertainmenthöhepunkte von ehemaligen C-Promis vorgetragen und immer wieder neu eingegangene Spenden von einem Moderatorengespann verlesen wurden, das man wohl als ‚flippig', ‚frech' und ‚verrückt' empfinden sollte, strömten die Damen in ihren Versace-Kleidern und die Herren in Hugo-Boss-Anzügen in den Hallenbereich, in dem Stehtische mit Seidentischdecken und ein DJ hinter einem weißen Pult mit Musik, die man wohl als Jazz-Lounge bezeichnet, die After-Show-Party ankündigten. Zur richtigen Feierstimmung der geladenen Gäste sorgte zudem ein fünf mal drei Meter langer Buffet-Tisch mit so genanntem Fingerfood bestehend aus Lachsröllchen, Chicken Wings, Kaviargläsern, Spargelspitzen in

Schinken gewickelt, kalten Scheiben Rinderbratens und allerlei Essbarem verziert mit Sternfrüchten und Mangostückchen. Investiert wurde in vieles an diesem Abend. Zum Beispiel in 35 Studentinnen, die Sekt- und Weingläser unter den Gästen verteilen und die leeren Gläser wieder einsammeln oder in zwölf polnische Küchenhilfen, die den Nachschub an sauberen Gläsern, Tellern und Bestecken aus der Küche im Hintergrund organisieren oder in ein vierköpfiges ‚Visuals-Team', das dafür sorgt, dass die Leinwände links und rechts der Hallenwände nicht weiß bleiben, sondern mit bunten Mustern, die sich im Sekundentakt verändern, geschmückt sind oder in zwei Stelzenläufer, die mit roten Hüten, blauen Jacken und schwarzen Hosen bekleidet aus drei Metern Höhe den Spendern zuwinken oder in vier Bierzapfer, die mit weißen Hemden und schwarzer Schürze mit dem Schriftzug „HELP CHILDREN FOR A BETTER FUTURE" hinter einer schwarz glänzenden Theke für Biernachschub sorgen, wenn die 35 Studentinnen abwechselnd mit ihren Tabletts ankommen und ihre gezielten Bierbestellungen abholen. Und wenn aus dem Hahn, der die goldene Flüssigkeit absondert, nur noch dünner Schaum mit Luftblasen hervorkommt, dann geht einer der Zapfer nach draußen vor die Halle, um aus dem weißen Kühlwagen das nächste Fass zu holen.

Als ich in dem auf fünf Grad Celsius heruntergekühlten Anhänger des Getränkelieferanten den

Schweiß auf meiner Stirn im Zeitraffer eintrocknen spürte und mir beim Bücken mit geradem Rücken, um das Fass an seinen Griffen aus der Ecke des Anhängers zu zerren, auffiel, dass mein weißes Hemd eine steife Form durch Kalte-Luft-Getrockneten-Schweiß einnahm, und meine schwarze Schürze leicht verrutschte, hörte ich an einer Außenwand des Anhängers Klopfgeräusche, die sich steigerten bis ich dachte, ein Schauerregen hätte eingesetzt. Der Schauerregen fand jedoch nur einseitig statt. Also ließ ich das Fass Fass sein und ging nach außen. Jemand im schwarzen Anzug hatte seine Hose geöffnet und ergoss sich genüsslich auf die rechte Seite des Kühlanhängers. Ich hustete laut, um auf mich aufmerksam zu machen. Die Gestalt drehte ihren Kopf in meine Richtung und schmetterte mir ein „Einen schönen guten Abend, der Herr" entgegen. Woraufhin ich mit „ Ja, ich muss mal für Nachschub beim Bier sorgen" antwortete. Er nickte, sagte „Vernünftig" und widmete sich dann der restlichen Tropfenentledigung. Das war das erste Mal, dass ich Olaf begegnete.

Olaf sitzt jetzt auf meiner Treppenstufe, hat Tränen in den Augen und antwortet auf meine Frage, was er denn jetzt hier mache, mit:

„Ich weiß nicht, ich warte auf dich"

Dabei senkt er seinen Kopf wieder Richtung Knie. Das aufflackernde Straßenlampenlicht scheint durch seine dünnen braunblonden Haare und gibt den Blick auf die durchschimmernde Kopfhaut frei. Durch geschicktes Kämmen und den gekonnten Einsatz von Gel versucht er, die Tatsache seines genetisch bedingten Haarverlusts zu verschleiern.

„Es ist Mittwoch, weit nach Mitternacht, und du wartest auf mich?"

„Warst du im Kino?"

„Mmhh!"

Er schaut wieder auf.

„Ja, habe ich mir gedacht."

„Wie lange sitzt du denn schon hier?"

Sein Blick zeigt mir, dass er es tatsächlich nicht weiß. Nachdem er für einen kurzen Bruchteil von Sekunden die Augenbrauen in die Höhe zieht, legt er seine Stirn in Falten.

„Ich weiß nicht genau, zwei oder drei Stunden, denke ich … ich habe auf dich gewartet."

„Du denkst dir, dass ich im Kino bin und wartest trotzdem zwei oder drei Stunden vor meiner Tür?"

Er atmet tief ein. Beim Ausatmen stößt er ein leises „Ja" aus.

Ich hebe meine Hände, so dass ich ihm meine offenen Handflächen entgegenstrecke und sage, „Okay, okay. Wollen wir vielleicht erstmal reingehen?"

Er schüttelt den Kopf.

„Nee, ich glaube, das ist nicht so gut. Dein aktueller Mitbewohner ist da."

„Woher weißt du das denn?"

„Hab vorhin geklingelt. Er meinte, du wärst nicht zu Hause."

„Na ja, kann sein, dass der jetzt schon schläft."

„Mann, ich hab da jetzt keinen Bock drauf", schießt es aus Olaf.

Ich lasse meine Hände gegen meine Oberschenkel fallen und sage nichts.

„Entschuldigung", sagt er ruhiger und nach einer kurzen Pause:

„Lass uns an der frischen Luft bleiben, okay?"

Ich nicke.

„Okay, dann lass uns rüber auf die Mauer setzen. Willst du ein Bier?"

„Wenn du eins hast."

Ich schleiche durch die dunkle Wohnung, hole vier kalte Flaschen Bier aus meinem Kühlschrank und dann gehen wir an die Ecke der Seitenstraße, die durch eine kniehohe Mauer aus Waschbeton begrenzt ist. Olaf nimmt zwei Bierflaschen und öffnet beide Kronkorken mit einem Feuerzeug. Zwei laute Plopps hallen durch die menschenleere Straße. Wir sitzen unter dem Licht einer intakten Straßenlampe, und ich sehe, dass seine Augen stark gerötet sind. Ich sage „Prost" und wir schlagen die Flaschen aneinander, setzen den Flaschenhals an unsere Münder und nehmen einen Schluck des kühlen Biers.

„Verdammt, das tut gut", quillt es aus Olaf.

„Geht doch nichts über ein Bier am Abend."

„Stimmt schon. Habe heute aber schon sechs getrunken."

„Sechs Flaschen? Ich dachte, ihr kokst da lieber in eurem Gewerbe."

„Ich mein, na klar wird da gekokst, aber ganz so schlimm wie man hört und tut ist das auch nicht. Wenn da mal ein paar Leute koksen, dann lass die halt. Fuck it!"

Olaf neigt zu dem Gebrauch von englischen Ausdrücken. Ich kenne seine exakte Berufsbezeichnung nicht, auf jeden Fall ist sie eine englischsprachige. Aber auch die nennt man normalerweise nicht, sondern nur die Buchstabenkürzel. Da sagt man dann eher ‚Hallo, ich bin A M' und meint möglicherweise Account Manager. Eh man sich's versieht, ist man in seiner Branche auch schon wieder etwas anderes. Dann vielleicht der S A M – der Senior Account Manager – oder der A D M – Assistant Director Manager – oder der E D M – Executive Director Manager – oder was man da auch immer alles werden kann. Mit Sicherheit hat sich eine Agentur diese Begriffe zwecks Modernität, Internationalität und Mitarbeitermotivation ausgedacht.

Olaf schaut zu Boden, atmet tief aus, schüttelt seinen Kopf und trinkt aus der Bierflasche. Also trinke ich auch und schweige.

Nach 60 wortlosen Sekunden dann: „Aber ich scheiß drauf! Die ganze Scheiße kann mich mal."

Weil ich jetzt verwirrt bin und Olaf noch nie so erlebt habe, fällt mir keine sinnvolle Erwiderung ein. Und in dem Augenblick, in dem ich die Worte „Okay, das ist doch auch ein Standpunkt" in den frischen Nachthimmel entlasse, bereue ich bereits, überhaupt etwas gesagt zu haben.

Er steht auf, beginnt laut zu schnauben und macht drei Schritte nach vorne, um an der gleichen Stelle eine Kehrtwendung hinzulegen. Das macht er ganze vier Mal, bevor er sich wieder neben mich setzt, die fast leere Flasche auf den Boden stellt, seine Augen schließt und den Kopf in seine Hände legt.

Ruhig und langsam sage ich:

„Was ist eigentlich los mit dir?"

Während er sich seine Schläfen massiert, antwortete er annähernd flüsternd:

„Ich bin raus. Defintiv. Out!"

Ich begreife nicht, wovon er spricht.

„Wie, du bist raus?"

„Na raus eben. Fertig damit. Done."

„Womit bist du fertig?"

Bevor er mir antwortet, atmet er nochmals tief ein. Er merkt, dass er es bei mir mit einer harten Nuss zu tun hat.

„Ich habe die Sache hingeschmissen … Und mich wollten sie wohl auch nicht mehr haben. Ich habe heute gekündigt. Damit bin ich ihnen wahrscheinlich zuvorgekommen. Ab morgen bin ich schon raus. Ich muss morgen nicht aufstehen. Vielleicht bleibe ich einfach im Bett liegen. Vielleicht gehe ich auch heute erst gar nicht ins Bett."

Er presst die Worte förmlich raus, so dass seine Ausführungen ziemlich abgehackt rüberkommen. Dabei wendet er seinen Blick nicht ab vom aufgeplatzten Teer des Gehwegs.

„Oh", sage ich, mehr fällt mir dazu spontan nicht ein. Deshalb trinke ich erstmal einen Schluck Bier und starre hartnäckig auf die gegenüberliegende Hauswand. Und nachdem ich so einige Zeit starre und Olaf nichts sagt, sage ich:

„Wieso? Das verstehe ich nicht."

Olaf zuckt mit den Schultern.

„Keine Ahnung, ich schätze, ich war einfach zu lange dort."

„Du bist heute zur Arbeit gegangen und hast gedacht ‚Ich war einfach zu lange hier, heute ist Schluss!'?"

„Hab ich natürlich nicht geplant", Olaf schüttelt seinen Kopf, „haben sich heute irgendwie überschlagen, die Ereignisse." Dann ein gleichzeitiges Kopfschütteln und Schulterzucken und ein „Pffh". Er hebt seine Stimme: „Keine Ahnung, was weiß ich. Who knows."

„Ja", sage ich zögerlich, und mir ist das alles noch nicht so ganz klar, weil ich plötzlich das Gefühl habe, dass es Olaf gar nicht mehr gibt oder zumindest, dass der Olaf, den ich glaubte zu kennen, nicht mehr existent ist. Ich hatte Olaf mit seiner Agentur gleichgesetzt. In meinen Gedanken waren sie ein und derselbe Körper – ein Wesen, das zu leben beginnt, wenn das Neonlicht der Bürolampen erstrahlt. Mir gleitet meine Vorstellung durch die Finger und fließt in einen Abfluss, der neu an dieser Stelle zu sein scheint. Und ich verspüre Leere, die ich mit Worten füllen muss.

„Aber es muss doch einen Auslöser gegeben haben", sage ich fragend.

„Ja, na klar. Den gab's wohl auch."

Dann schaut er mich an, verzieht sein Gesicht, als wolle er mir eine Frage stellen, deren Geheimnis tief in nicht einsehbaren Akten schlummert:

„Ich hab die Heutzer getreten."

Jetzt ist meine Leere komplett. Ich weiß sehr wohl, dass ‚die Heutzer' seine direkte Vorgesetzte ist oder jetzt eben war und dass er nicht gerade eine Liebesbeziehung zu ihr pflegte.

„Die Heutzer? Deine Chefin? Getreten?"

„Mmmhh"

„Okay", ich ziehe meine Augenbrauen in die Höhe und starre wieder an die Hauswand gegenüber, „weshalb?"

„Keine Ahnung, irgendwie war das eher ein Reflex als eine Handlung. Ich habe das selbst nicht so bemerkt. Ich war gestern bis um halb drei nachts in der Agentur und hab eine Präsentation zusammengeschustert, die wir heute Morgen um neun vorgetragen haben, und konnte dann auch nicht so schlafen, wie ich das geplant hatte, aber hey, was soll's, die beschissene Präse musste noch fertig werden. Heute Morgen hab ich eine Dose Red Bull zum Frühstück getrunken. Und nach der Kundenshow, die ich eigentlich für ganz gelungen hielt, kam die Heutzer auf mich zu und hielt mir vor, dass meine Augenringe kaum zu übersehen wären und dass ich offensichtlich ein Motivationsproblem hätte, wenn ich mich nicht einmal über einen Kunden von solchem Format freuen könne. Da hab ich einfach getreten. Ich wusste sowieso nichts zu sagen. Ich hab sie ans Schienbein getreten. Nicht besonders fest. Aber es war ein Tritt."

Eindeutig, jetzt bin ich bedient: „Wow."

Seine Stimme fängt zu zittern: „Meinst du, das war übertrieben von mir?"

Er kratzt sich am Kopf.

„Nein", sage ich mit fester Stimme.

„Wie?", fragt Olaf.

Olaf weiß in diesem Moment auch, dass meine Antwort absoluter Unfug ist. Dennoch, ich bestätige ihn.

„Nein, das ist richtig!"

„Dass ich getreten habe?"

„Ja, dein Körper weiß schon was das Beste für dich ist." Ein Spruch, der in diesem Zusammenhang mit Sicherheit unangebracht ist, aber Olaf bemerkt das nicht, wirkt erleichtert und noch mehr als das richtet er seinen Oberkörper auf, atmet tief ein, so dass sich sein Brustkorb erhebt und umklammert fest den Bierflaschenhals. Nach ungefähr einer Minute, in der wir genauso ausharren, steht er auf, stellt sich vor mich und zeigt mit dem Zeigefinger seiner linken Hand auf mich. In der rechten hält er die Flasche.

„Ja, ich glaube auch, dass das richtig war", sagt er, „das wurde höchste Zeit, dass mal jemand ein Zeichen setzt."

Seine Stimme überschlägt sich jetzt fast schon und nimmt an Intensität zu.

„Verdammter Fuck, die denken doch wirklich sie könnten alles mit uns machen. Da hatten die mich aber nicht auf ihrer Rechnung. Nicht mit mir. Ich zeige denen ganz klar, wo die Grenze ist. Hier genau bei mir fängt die Grenze an. Die haben ganz eindeutig eine Linie überschritten. Das hätten sie mal besser nicht gemacht."

Dabei fuchtelt er mit seinem Zeigefinger vor meinem Gesicht herum, so dass ich mich irgendwie in die Ecke gedrängt fühle, so als müsste ich mich hier verteidigen. Ich hebe beschwichtigend die Hände und sage so ruhig wie möglich:

„Die Heutzer war wirklich eine unsympathische Frau."

Und dass, obwohl ich sie nie gesehen habe. Aber ich habe das Gefühl, Olaf etwas ausbremsen zu müssen und seinen Fokus in eine bestimmte Richtung zu lenken. Dass mein Versuch aber nichts mehr nutzt, bemerke ich recht schnell, als er kurz darauf die leere Bierflasche in eine dunkle Hauspassage auf der gegenüberliegenden Straßenseite schleudert. Das Geräusch des zerspringenden Glases können wir nur aus dem Dunkel hören. Zu sehen gibt es nichts. Er nimmt sich eine zweite Flasche Bier. Ein Plopp halt durch die Luft.

„Was ist los? Keinen Durst oder wie?"

„Doch doch", sage ich, „ich genieße das Bier nur."

„Was gibt's denn da zu genießen? Na, du hast's vielleicht gut. Abends rumsitzen und Bier trinken."

„Wie bitte?"

„Ach, ist doch wahr."

„Krieg dich mal wieder ein."

Jetzt bin wohl ich an der Reihe.

„Ich bin auch raus! So sieht das aus!"

Er sagt erstmal nichts. Und dann vorsichtig:

„Nichts mehr mit Kino?"

„Nee, hat sich ausgeguckt."

Und dann beginnt er wieder zu schreien.

„Richtig so, die Schweine wollten uns doch nur ausnehmen. Fuck it! Dich haben sie abgespeist mit nem Hungerlohn und bei mir den letzten Tropfen Blut ausgesaugt."

Meine leicht verwirrte Zwischenfrage „Was?" geht im Wortschwall seiner Ausführungen unter.

„Schluss mit modernem Sklaventum. Wir haben Rechte, und wir wollen am Leben teilhaben, nicht nur als deren Trüffelschweine, wir wollen auch was vom Trüffel, und das holen wir uns jetzt. Da hockt man 13 oder 14 Stunden am Tag im Büro und alles, was sie einem entgegenbringen sind Vorwürfe. Die können sich ihre Rechner hinten reinschieben. Dann merken sie auch wie ausgeleiert ihr verschissener Darm ist bei den ganzen Wichsern, von denen sie sich schon ficken lassen mussten auf ihrem Weg nach oben."

Olaf atmet tief durch, und ich hoffe, dass er sich jetzt endlich beruhigt.

Er schreit: „Was bilden die sich überhaupt ein? Wer denken die, wer sie sind? Heute ist Schluss! Die kriegen uns nicht. Die kriegen uns nicht…"

Autoscheinwerfer erhellen die Straße. Und noch bevor ich erkenne, was vor sich geht, hat Olaf schon den Überblick. Und noch lauter als zuvor schreit er:

„Scheiße, ihr kriegt uns nicht!"

Und in dem Moment, in dem er mit seinem rechten Arm, dessen Hand die noch halbvolle Bierflasche hält, ausholt, springe ich von der Mauer auf. Ich packe seinen Arm, lasse dabei meine Bierflasche zu Boden fallen und bemerke, dass es schon zu spät ist. Und dann sehen wir beide der Bierflasche nach, die ihren Flug in Richtung des Streifenwagens angetreten hat.

neun

Es müssen zwischen 15 und 20 Briefe sein. Oder vielmehr Briefkuverts. Ich lagere sie in meinem Bücherregal gleich neben dem braunen Pappkarton, in dem ich alte Fotos aufbewahre. Die ersten fünf hatte ich noch geöffnet, zunächst dann leichte Übelkeit auf dem Weg zum Briefkasten verspürt, die sich steigerte bis ich den kleinen Schlüssel ins Schloss an der weißen Blechklappe steckte und den Inhalt des Kastens sehen konnte. Im weiteren Verlauf verstand ich das System und ließ die Kuverts verschlossen. Gewollte Gleichgültigkeit. Ich behandelte sie wie Werbezuschriften, kurz registrieren aber nicht wahrnehmen. Jeden Dienstag fand ich ein neues Kuvert in meinem Briefkasten. Nach vier oder fünf Monaten hörte das auf. Beim Absender hatte ich mich nie gemeldet. Insgesamt sind es wohl ungefähr 80 Annoncen. Jemand hatte sie fein säuberlich ausgeschnitten. In jedem Kuvert befanden sich vier oder fünf Zeitungsausschnitte, zusammengehalten durch Heftklammern. Kommentarlos. Kein Brief, keine Anmerkung des Absenders, der auch auf dem Briefkuvert nicht genannt wurde.

„Ausbildung zum Bankkaufmann" stand auf den Ausschnitten.

„Ausbildung zur Fachkraft für Lagerlogistik", „Ausbildung zum Immobilienkaufmann", „Ausbildung zum Kaufmann für Versicherungen und Finanzen", „Ausbildung zum Notarfachangestellten", „Ausbildung zum Kaufmann für Marketingkommunikation" stand auf den Ausschnitten.

zehn

„Hey hallo, haaaaallooo, wir sind jetzt wirklich total relaxt. Das alles war doch nur ein Missverständnis. Hallo, haaaaalloo!"

Jetzt, wo Olaf seinen Oberkörper nicht mehr in die Jacke mit dem roten Rückenstreifen hüllt, bemerke ich, dass er eine Krawatte trägt, unter der sich ein weißes Hemd befindet. Die Krawatte ist geweitet, so dass die Schlaufe eher in Nähe seiner Brustwarze ist als in Halsnähe. Es scheint, als würde bei jedem „Hallo", das er in den Flur absondert, die schwarze Krawatte mit den gelben Seitenstreifen ein wenig mehr verrutschen.

„Jetzt kommt schon Jungs. Wir können doch drüber reden."

Ich liege auf der Pritsche, starre abwechselnd an die Decke und Olafs Rücken. Olafs Lautstärkepegel könnte auch von zwei Personen stammen. Und vielleicht denken das ja auch die, ja wie nennt man die überhaupt … sagt man Wächter? Sind das jetzt hier schon Vollzugsbeamte? Wahrscheinlich nicht. Dann wohl einfach nur Beamte. Wir sind ja nicht im Gefängnis, sondern nur auf einer Dienststelle. Ich bemerke, dass ich mich im Wortschatz der Exekutive nicht wirklich auskenne. Dennoch teile ich Olaf in einem fast schon beschwingten Tonfall, der sogar mich kurz zweifeln lässt, ob ich den ersten Schritt Richtung Wahnsinn nicht doch einfach übersehen habe, mit:

„Wir sind in einem Raum von Recht und Gesetz."

„Hä?"

An die Decke starrend, meine Hände hinter dem Kopf ineinander verschränkt sage ich: „Ja, die werden uns jetzt erst mal schön hier hocken lassen. Was denkst du denn? Da kannst du rufen, wie du willst. Auf Diskussionsrunden haben die bestimmt keinen Bock. Wäre also nett, wenn du mal für einen Augenblick keine Klänge produzieren könntest."

Olaf dreht sich jetzt zu mir und fixiert mich mit seinem Blick. Und der muss schon ziemlich finster sein, denn ich bemerke ihn, obwohl ich meine Augen nicht von der rissigen beigen Betondecke in circa drei Metern Höhe gelassen habe.

Wir schweigen. Eine Stunde oder länger.

„Ey, ihr Bullenschweine, ich hab doch gar nichts gemacht ... äh ... du kannst mich mal, alda", dringt durch unsere grünfarbene Stahltür.

„Jetzt beruhigen Sie sich erst mal..."

„Beruhig du dich doch."

„Auch gut, aber ziehen Sie jetzt bitte Ihre Schuhe aus."

„Nee, wieso denn? Ich hab Klett, digga."

„Schuhe aus!"

„Da sind keine Bänder. Kann ich mich auch nicht dran aufhängen."

„Bitte ziehen Sie jetzt Ihre Schuhe aus, genauso wie man das macht, wenn man zu Gast irgendwo hinkommt. Das ist ein Zeichen des Anstands und der Sauberkeit."

„Ey, leck mich doch."

Man hört das Ratschen des Klettverschlusses, dann das Geräusch einer aufgehenden leicht quietschenden Tür, deren Scharnier geölt werden sollte. Die Tür fällt zu, ein Schlüssel dreht sich. Olafs Augen sind weit aufgerissen, ich fahre mir mit der linken Hand übers Gesicht. Der Typ ist ganz eindeutig in der Zelle nebenan. Und jetzt läuft er sich warm. Zunächst folgt ein Beatbox-Gewitter. Seine Bass-Drum und seine Snare liefern sich ein wildes und zorniges Gefecht, das immer wieder von Hi-Hat-Blitzen durchzuckt wird. Konsonanten fliegen gegen die Zellenwände, dann ein Scratchen und ein Cut. Kurze Pause. Zwei Bass-Drum-Schläge. Er beginnt zu rappen.

Dann folgen wieder Bass-Drum-Schläge, ein Snare-Wirbel und Hi-Hat-Geschnatter.

Olaf atmet stöhnend aus. Er runzelt seine Stirn, so dass an die Stelle seiner Augen Schlitze treten. Dann atmet er ein, schließt seine Lippen und atmet erneut, diesmal durch die Nasenlöcher, aus.

„Was denn?", frage ich.

„Ja, das ist gut!", sagt er und lächelt dabei.

Ich kratze mich am Hinterkopf.

„Der Rapper?"

„Doch, doch", erwidert Olaf wild nickend.

„Na, von mir aus. Wenn du Freude dran hast."

Und dann zieht wieder ein Beat-Box-Unwetter auf.

„Nein, so mein ich das nicht", sagt Olaf gegen das Donnern einer heißeren Bass-Drum, „Ich meine, was machen wir hier eigentlich?"

„Du hast einen Polizeiwagen mit einer Bierflasche attackiert…"

„Aber nicht getroffen…"

„Wolltest du aber."

„Ich war noch nie ein guter Werfer."

„Na, so weit war der Wagen nun auch wieder nicht entfernt."

„Das tut doch nichts zur Sache."

„Eben."

„Jetzt lass mich doch mal was sagen." Olaf wird laut.

„Verdammt, wir sitzen hier in einer Ausnüchterungszelle! Der Typ nebenan ist doch betrunken, oder etwa nicht?"

Ich ziehe die Schultern hoch.

Ich nicke: „Ja, doch, sieht so aus."

„Ja ja, ist auch so", sagt Olaf, „die haben uns in eine Ausnüchterungszelle gesteckt. Ganz klar."

„Ja und? Wo sollen die uns denn sonst hinstecken?"

Olaf löst seinen Krawattenknoten. Er zieht sich die Krawatte vom Hals und steckt sie in seine rechte Hosentasche, so dass das Ende der Krawatte nach außen hängt.

„Nein", singt Olaf fast. Dabei zieht er das „ei" in die Länge.

„Die gehen davon aus, dass wir betrunken sind…"

„…was bei dir jetzt auch nicht so abwegig ist…"

„Wie auch immer, darauf kommt es nicht an."

„Sondern?"

„Wir sind zu zweit!"

Ich schicke ihm ein vorsichtiges „Ja" entgegen, an das ich bei Austritt aus meinem Sprechorgan noch ein Fragezeichen hänge.

„Tja", er verfällt in wildes Kopfnicken, „denkst du die handeln nach Dienstvorschrift, wenn sie zwei Personen, von denen sie ausgehen, dass sie alkoholisiert sind, in einen einzigen Raum stecken, in dem sich zudem auch nur eine Pritsche befindet?"

Er wartet aber nicht auf meine Antwort und schiebt gleich ein „Ich denke nicht!" hinterher.

„Vielleicht waren alle Zellen voll", sage ich.

„Mister HipHop kam doch nach uns, und ich glaube nicht, dass man hier reservieren kann."

Die vollständig gekachelte Zelle sorgt für ein leichtes Echo bei jedem Wort, was in sie hineinfällt. Wie ein Flummi springen Worte und Gedanken in der Zelle umher, bevor sie in veränderter Form wieder dort landen, wo sie abgesondert wurden. Alles fällt auf den Insassen zurück. Aber wir sind zu zweit. Und wir sondern mehr ab, als diese Zelle vertragen könnte. Vor allem weil sich bei Olaf angeregt durch seine Euphorie, die sich dank seiner immensen Logikleistung zu einem übergroßen Etwas aufgepusht hat, alle muskulären Vorgänge entspannen und er als Folge einen Furz in unsere Zelle schickt, für den er sich aber gleich kleinlaut entschuldigt, weil er so etwas normalerweise nicht tut. Dennoch ist der Geruch gewöhnungsbedürftig. Und dann schnalle auch ich es.

„Es kann ja nicht sein, dass wir uns hier gegenseitig vollstinken ... Ich meine wir könnten uns ja auch die Köpfe einschlagen, nicht nur rumstinken ... und was dann?"

Olaf nickt: „Ja, die haben doch ganz eindeutig keine Rechtsgrundlage für die Sache."

„Nee!"

„Nee!"

„Tja!"

„Ya!"

Wir nicken beide heftig. Und jetzt ist nur noch Stille zu vernehmen, denn auch die Beatbox gibt keinen Laut mehr von sich. Ich sitze auf der Pritsche, strecke meinen Rücken und schlage mir mit den Händen auf die Knie.

„Tja", sage ich.

„Ja, Mann", sagt Olaf noch immer nickend.

Wieder ist Stille. Dann schaut Olaf in meine Richtung und legt seine Stirn in Runzeln. Ich fahre mir mit der linken Hand durchs Gesicht. Dann die erlösende Botschaft:

„Ändert jetzt auch nichts, irgendwie", sagt er.

Und dann rotiert hier zwischen den weißen Kacheln der Wände und den beigefarbenen der Decke ein neues Gefühl umher – irgendwas zwischen Hoffnung, Überlegenheit und Müdigkeit.

elf

Hier kannst du alles bekommen, nur keine Freund-
schaften. Jeder kauft für sich alleine. Du kannst wäh-
len zwischen den immer gleichen Dingen in verschiedenen Farben, Formen und Variationen. Solange du hier bist, bist du frei in deiner Wahl, die dir
sagt, dass du über dich selbst bestimmen kannst.

Neununddreißig Cent kostet der Eisbergsalat aus
Spanien, den marokkanische Einwanderer für dich
gepflanzt, gedüngt und mit spanischem Grundwas-
ser genährt haben, die Bananen nebenan wurden von
nicaraguanischen Bauern für dich gepflückt und
einem US-amerikanischen Konzern eingeflogen, dabei sangen die Bauern vor Freude unter paradiesi-
scher Sonne auf dem Bananenfeld und tranken in der
Abenddämmerung zum Ausklang eines weiteren
gelungenen Tages einen El Macua, die frischen
Scampi, die du gefroren in der Tiefkühlabteilung
findest, kommen aus einem Bohrloch in Vietnam, in
dem sie in einer Mischung aus Wasser, Antibiotika
und ihrem eignen Kot ein unbeschwertes Leben

führten, bevor du sie aus der Schutzhülle nimmst und auf deinen Grill legst, weil du deine Freunde eingeladen hast, um die Sonnenstrahlen auf deinem drei Quadratmeter großen Balkon zu genießen, vergiss die fünfundvierzig Millionen männlichen Küken, die in den Zuchtanlagen geschreddert werden, weil sie für das Frühstücksei irgendwie nutzlos sind, konzentriere dich lieber auf die vielen Vitamine und Kohlehydrate, die du selbst noch durch Instant-Gerichte aufnehmen kannst, wenn du mal wieder keine Zeit hast, und dann die Kinder, wegen ihnen sind Olaf und ich eigentlich hier, ihre Fingerfertigkeit, Unbekümmertheit und Geschick im Umgang mit den vielfältigen Materialien lässt uns staunen und fragen, weshalb so etwas denn nur in Ländern wie Indien möglich ist, haben wir denn keine Kinder, die sich möglichst früh auf ein Leben im Beruf einstellen möchten?, Fußbälle, Turnschuhe, Baumwollhosen, Baseballmützen, wir sind ihnen dankbar für das hohe Maß an Motivation, wenn sie gemeinsam mit ihren Schwestern und Müttern den Sweatshop betreten, in dem sie die nächsten sechzehn Stunden ihres Tages Spaß haben werden, wir haben wohl den Fleiß vergessen, der uns doch immer ausgezeichnet hat. Jetzt greifen wir zurück auf ihre Kapuzenpullover. Olaf legt einen graufarbenen in seinen roten Plastikeinkaufskorb, der im Eingangsbereich des Supermarktes direkt neben den Einkaufswagen zu finden ist. Am Boden des Korbes klebt ein beigefarbener Diebstahlschutz, der für einen Alarm sorgen soll, wenn man den Korb über den Kassenausgang hinaus verwenden möchte.

Ich habe wenig geschlafen, vielleicht auch gar nicht. Meine Schläfen pochen. Olaf hat Zeit. Langsam bewegt er sich durch ein Areal an Billigkleidung. Er dreht an runden Ständern, verschiebt Kleiderbügel, wirft einen Blick auf die Herrenschuhkollektion. Ich beobachte ihn hinter einem Dunst der aufgeregten Gleichgültigkeit. Vielleicht möchte ich einen Laut von mir geben, aber Geräusche dringen nur von außen auf mich ein, langsam wie die Bewegung, die ich vor mir beobachte. Wir finden schon noch was Passendes. Ich lächle eine Mutter an, die bevor sie mit ihren beiden Kindern und dem Einkaufswagen in den Convenience-Gang abbiegt, einen flüchtigen Blick zu uns herüberwirft.

Wir sind immerhin raus. Die Nacht in der Zelle hat kleine Furchen in unsere Gesichter gegraben, dunkelfarbene Augenringe hervorgerufen und unsere Augenlider auf Halbmast gehängt. Um 7.30 Uhr konnten wir das Polizeikommissariat 16 mit dem Hinweis, dass uns eine Anzeige in den nächsten Wochen erwarten wird, verlassen. Unsere höchstwahrscheinlich nicht legale Zellensituation blieb unerwähnt. Mit einer ausladenden Handbewegung und dem nachdrücklich vorgebrachten „Ha, die Info sparen wir für unseren Anwalt auf" setzte Olaf die Richtlinien für unser weiteres Vorgehen. Und obwohl so ein rundum gefliestes Zimmer auf einen vollkommenen Durchschnittsbürger ohne besondere Merkmale, von dem wahrscheinlich nicht einmal seine Nachbarn ein zutreffendes Phantombild erstellen könnten, eher abschreckend wirken dürfte, nahm die Zelle in meiner Erinnerung bereits eine Position ein, die dem Ruheraum eines Bahnhofs gleicht, in dem alle äußeren Geräusche geschluckt werden und die Stille jegliche Bewegung anhält, so dass selbst die Zeit zu stehen scheint.

Die Ruhe der weißen Kacheln nehme ich nur noch als Hintergrundempfindung wahr, als eine Mutter, Mitte 30, einen Kinderwagen schiebend, begleitet von ihrem pubertierenden Sohn die Kleiderwarenabteilung betritt. Beide tragen die annähernd gleiche Frisur – einen Kurzhaarschnitt mit langen Hinterkopfhaaren, die den Nacken bedecken, beide dunkelblond. Der Buggy hat hellgraue Griffe – das gleiche hellgrau, das auch die Speichen überzieht – und einen rosafarbenen Sitzbezug, der ein Muster trägt, das ich nicht erkennen kann. Kinderhände greifen aus dem Wagen nach den Kleiderständern. Sie streifen die auf der rechten Seite hängenden Herrenpullover, auf der linken Seite grüne Jogginghosen, die mit verschiedenfarbigen Seitenstreifen angeboten werden. Die Mutter trägt eine blaue Trainingsjacke mit den in weiß gehaltenen Versalien „HSV" auf dem Rücken. Zusätzlich prangt der Schriftzug des Sponsors darauf. Ich sitze auf einem kleinen braunfarbenen Plasitkhocker direkt neben der aus Spanplatten bestehenden Umkleidekabine und schaue die beiden aus meiner Deckung an. Beide bleiben stehen, die Mutter streicht dem Kind im Wagen über die Haare, fängt an zu lächeln und dreht ihren Kopf dem Sohn entgegen. Sie breitet die Arme aus, so dass ihre Handflächen der Kleiderabteilung zugewandt sind und bewegt ihren Oberkörper leicht nach links und anschließend nach rechts, dabei sagt sie mit deutlicher Freude, die in ihrer Stimme mitschwingt: „Such dir was Schönes aus, André!" Sie umarmt ihren Sohn, fährt mit ihrer rechten Hand seinen Rücken auf und ab und sagt: „Alles Gute zu deinem Geburtstag".

Mein Blick wendet sich ab und fällt auf meine Oberschenkel, die ungleichmäßig zu krampfen begonnen haben. Zunächst ist da ein kleines Zucken auf der rechten Seite, das nach zwei, drei Sekunden etwas stärker wiederkehrt und schließlich auch den linken Oberschenkel befällt. Ich strecke meine Hände mit den Handflächen nach oben aus und bemerke, dass sie zu zittern begonnen haben. Mein rechtes Augenlid flattert. Ich schließe die Augen und öffne sie, aber es ändert sich nichts. Nochmals betrachte ich meine Hände und Oberschenkel und schließe und öffne erneut die Augen. Dann springe ich von meinem Sitz auf, schüttele meine Arme nach unten aus und springe auf der Stelle, dabei atme ich durch den Mund und sage bei jedem dritten Sprung ,Okay, schon okay'. Meine Bewegungen werden von einer Frage durchstoßen:

„Hey, da bist du ja! Alles latte?"

Ich stehe still, fixiere Olaf und lege ein möglichst unbekümmertes Grinsen auf. Nachdem ich zunächst hilflos versuche, etwas zu entgegnen, speie ich dann doch noch die Worte „Alles klar" aus.

„Hier gibt es acht Unterhosen für zehn Euro. Ist wahrscheinlich der Assi-Sparpack oder was?"

„Können wir gehen?"

„Und die haben Farben, da schnallst du ab! Das volle Brett! Rainbowcolored-Love, ja mann, yes, das gefällt mir"

Olaf spricht dreimal ein intensives ,Rainbowcolored-Love' vor sich her, um sich dann selbst zu versichern, dass er sich das merken müsse.

„Können wir gehen?"

Olaf spitzt die Lippen, schaut auf seinen roten Einkaufskorb mit dem grauen Kapuzenpullover und nickt:

„Ja, denke mal, dass das ein echt passendes Teil ist."

Ich habe keine Ahnung wofür, stimme ihm aber zu.

An der Kasse habe ich zwei Packungen Schokohörnchen und einen Liter Milch in der Hand, Olaf legt seinen Kapuzenpullover auf's Band. Für die Hörnchen und die Milch reiche sein Geld nicht mehr. Sorry.

Der Mittsechziger vor uns hat Schweißperlen auf der Stirn, er bemüht sich im rhythmischen Takt des Scannerpiepens die vor ihm aufgestauten Einkaufswaren am Ende des Bandes wieder in seinen Wagen zu bekommen.

„Junger Mann", spricht er den Kassierer an, „Sie haben ja vielleicht ein Tempo drauf. Immer mit der Ruhe!"

Mit einem Stirnrunzeln schaut der Kassierer auf, während seine Hände in ungebrochenem Tempo die Waren über die optische Sensorik ziehen.

„Sagen Sie das mal meinem Chef!"

Dann beginnt er zu lächeln und sagt mehr zu sich selbst als zu dem Kunden in einem etwas leiseren aber freundlichen Ton:

„Und lächeln Sie! Der Point of Sale wird videoüberwacht."

Olaf lächelt, nimmt zwei kleine Flaschen Jägermeister aus einem der Regale neben dem Waren-
transportband, reicht sie mir, zuckt mit den Schultern und macht dabei das wohl international gültige
Handzeichen für Geld, indem er seinen Daumen auf
Zeige- und Mittelfinger reibt.

Der Kräuterlikör aus Wolfenbüttel beruhigt. Olaf
schmeißt seine Krawatte im Ausgangsbereich des
Supermarktes in einen der dort aufgestellten Verpa-
ckungsmüll-Container, kann sich aber dann doch
nicht entschieden von ihr trennen, so dass er sie wieder aus dem Container fischt und in seine linke Hosentasche steckt. Den grauen Kapuzenpullover zieht
er über sein Hemd. Der Pullover ist etwas zu kurz,
sein weißes Hemd kommt unter dem Bund des Pul-
lovers zum Vorschein und bildet rund um seinen
leichten Hüftspeck ein kleines Röckchen.
    Außen tobt der Werktag.
    „Passt", sagt Olaf.
    Mit den Schokohörnchen und der kleinen Flasche
Likör – Olaf trägt die Milch und seinen Jägermeister
– verlassen wir den Supermarkt.

Wie die erbarmungslosen Wellen einer starken
Brandung schlägt uns der Straßenlärm des Arbeits-
verkehrs entgegen, als wir auf das Parkplatzareal des

Supermarktes treten. Der brüchige Asphalt vor uns ist von vielen kleinen Pfützen durchzogen. Die leichte Ostbrise beschert uns einen dezenten Duft von Urin, der aus den Büschen dringt, die den Parkplatz auf der Ostseite begrenzen.

Ich atme tief durch und halte mir die Packung Schokohörnchen über die Stirn, um meine übermüdeten Augen vor der stechenden Morgensonne zu schützen.

Auf der linken Seite rattern die Einkaufswagen in ihrem plastiküberdachten Unterstellplatz. Drahtgestelle schlagen aufeinander ein, ein bellender Hund wartet auf seinen Besitzer. Gleich neben dem Einkaufswagenunterstellplatz steht ein überdimensionales Ei, aus dessen Öffnung eine Mitte 20-jährige Blondine herausschaut. Vor ihr liegen zwei Stapel Zeitungen. Ein männliches Gesicht, ungefähr im gleichen Alter, lugt aus einem Birnenkostüm oder zumindest einem birnenähnlichen Kostüm - es ist ganz in Weiß gehalten und nimmt vom Kopf abwärts eine breiter werdende Rundung ein -, das wenige Meter vor dem Ei auf- und abgeht. Auf seinem linken Arm, der aus dem Kostüm ragt, trägt er einen Stapel Zeitungen, die er mit seiner rechten Hand verteilt. Aus der Entfernung kann ich einen roten fast quadratischen Farbklotz in der linken oberen Ecke der Zeitung erkennen. Ich nehme noch einen Schluck aus meiner Likörflasche.

„Hey kann ich euch ein kostenloses Leseexemplar der Bild anbieten?", ruft uns die Birne entgegen, als wir uns holprig nähern.

Olaf ist mit dem Studium des Etiketts der Milchflasche beschäftigt, schaut nur kurz auf und zuckt mit den Schultern.

Ich schüttele den Kopf, mache mit der Flasche Jägermeister eine abweisende Handbewegung und murmele vor mich hin:

„Nee, lass mal stecken!"

Birnengesicht beginnt hämisch zu grinsen. Dabei zieht er seine Augenbrauen hoch und gafft uns an, als hätte er eine Dauerkarte für den Zoo gebucht und ein bisher unbekanntes Ausstellungsexemplar seine Aufmerksamkeit erregt. Als wir das Ei und die Birne schon einige Meter hinter uns gelassen haben, kreischt er uns betont lässig hinterher:

„Da sind aber heute auch Styling-Tipps drin!"

Ich drehe mich im Laufen kurz um und zeige Birne meinen Mittelfinger. Den ‚Was solln das'-Protest, der aus dem Ei von weiter hinten dringt, nehme ich kaum noch war.

Kostüme – und seien es eine Birne und ein Ei – sind im Marketingbereich beliebt. Vor kurzem erst war ich ein Eisbär. Ein ziemlich ungemütlicher Zeitgenosse mit einem weit aufgerissenen Maul, in dessen Gaumen meine Gucklöcher waren. Es ging dabei um Erfrischungsbonbons, die nicht nur erfrischend, sondern auch feurig und erweckend sein sollen. Da mein Blickfeld stark eingeschränkt war, fiel mir das unkontrollierte Laufen durch die Fußgängerzone nicht schwer. Eine Hostess, die mich begleitete verteilte Probepackungen an diejenigen Passanten, die sich von dem Kostüm angezogen fühlten. Nachdem wir fünf Stunden auf und ab tapsten und ich mich bereits schweißgebadet dem Ende des Tages entgegensehnte, wurde mir von einer kreativen Agenturangestellten, die offensichtlich diese Aktion konzipierte, mitgeteilt, dass ich Talent als Eisbär hätte und ich am Abend eine Extraschicht als Eisbär auf der Erfrischungsbonbonseinführungsparty einlegen könnte. Ablehnen ist in solchen Fällen nicht vorteilhaft, zumindest nicht, wenn man sich weitere Agenturaufträge erhofft.

„Ich möchte ein Eisbär sein im kalten Polar, dann müsste ich nicht mehr schreien, alles wär' so klar", tönte es im 30-Minuten-Takt durch den Partyraum. Begleitet von „Tanz für mich"-, „Bist du etwa kein Tanzbär"- und „Guck doch nicht so grimmig"-Rufen wackelte ich von einem Bein aufs andere und bewegte meinen Kopf sachte im Takt. Ja, ich war ein echter Brüller. Junge Männer mit Anzugswesten klopften mir im Vorbeigehen auf die Schulter, junge Frauen auf High Heels gaben mir fauchend einen Klaps auf den Po.

Auf einer Backsteinmauer in Nähe des Supermarkts sitzend nehmen wir wortlos unser Schokohörnchenfrühstück zu uns. Veronica Ferres lächelt uns von einem Werbeplakat aus an. Vermischt mit der Milch wird der matschige Blätterteig, der an meinem Gaumen klebt, zu einem schluckbaren Klumpen Brei. Olaf fixiert das Plakat und sagt dann:

„Denkst du, Veronica Ferres ist die deutsche Catherine Zeta-Jones?"

Nach einigen Sekunden der Stille gibt er zu Bedenken, dass Veronica Ferres zumindest nicht mit Michael Douglas verheiratet sei.

„Und?", fragt Olaf, „wie soll es jetzt weitergehen?"

„Keine Ahnung", sage ich.

Und als ich bemerke, wie leicht mir die Antwort fällt und das dies nicht nur eine Antwort, sondern eine Erkenntnis ist, die sich bereits seit geraumer Zeit über meinem Kopf zusammengebraut hat und als dunkle Gravur im Straßenteer vor mir erscheint, nehme ich noch einen Schluck vom Kräuterlikör.

zwölf

In den Raumecken löst sich die streifige Tapete von der Wand. Eine zarte Schimmelschicht macht sich bereit, ihre Position einzunehmen und verteilt ihre Sporen in der fettgeschwängerten Luft. An der braunen Holztheke, die sich im rechten hinteren Bereich des Raumes befindet, lösen sich vereinzelt Holzdielen. Andere sind löchrig oder mit nicht mehr definierbaren Flüssigkeiten überzogen. Hinter der Holztheke ragen zwei Zapfsäulen in die Luft, an denen Plaketten an Goldketten baumeln. Abwechselnd ertönen die Gewinnmelodien der drei Glücksspielautomaten, die im Eingangsbereich angebracht sind. Vor ihnen steht jeweils ein nicht besetzter Barhocker. Nur auf die seitlichen Knöpfe des Flipperautomaten, der im hinteren Bereich des Raums steht, schlägt ein Jeansjackenträger verzweifelt ein, um seine Bälle möglichst lange im Spiel zu halten. Die Lichter des Flippers blinken wie eine wahnsinnig gewordene Weihnachtsbaumbeleuchtung. Dazu scheppert ein Gemisch aus viel zu laut geratenen

Vorläufern von Handyklingeltönen für Teenager aus dem Gehäuse, die den Punktezugewinn des Spielers begleiten, der auf einer LED-Anzeige im Kopfteil des Automaten angezeigt wird. Neben dem Jeansjacken- spieler steht ein Barhocker, auf dem sich eine Flasche Bier und ein Aschenbecher, der kleine Rauchwolken in die Luft absondert, befinden.

In meinem Nacken spüre ich einen kalten Luftzug, der mich frösteln lässt, aber als ich mich umdrehe, kann ich nichts erkennen, also starre ich wieder auf den großen Flachbildschirm, der an der rechten Seite des rechteckigen Raumes hängt, und auf dem tonlos Richterin Barbara Salesch zu dem Angeklagten spricht. Bis zu meinem Tod werde ich 6,2 Jahre fern- gesehen haben. Die Handflächen auf meinen Ober- schenkeln ruhend schließe ich kurz die Augen und wünsche, ihr Urteil möge milder als erwartet ausfal- len.

Ich denke an die kalten blauen Augen meines früheren Religionslehrers Herr Binnert, der von einer missbrauchten Glaubensfrage sprach, als er mir auf- grund einer überdurchschnittlich guten Klausurnote unterstellte, ich hätte das Ergebnis mit unlauteren Mitteln beeinflusst. Ich spüre das Unbehagen, die Empörung und den Ganzkörperkrampf, der mich letztlich einfach nur dastehen und schweigen ließ. Sein süffisantes wortloses Lächeln und sein bohren- der Blick durchschlugen meine Eingeweide in dreifa- cher Schallgeschwindigkeit, so dass ich mich auf der

Stelle zu krümmen begann. Thema der Klausur war „Schuld und Vergebung".

Als ich die Augen wieder öffne, läuft ein Werbespot für ein Online-Reiseportal. Ich schaue hinüber zu Olaf, der mir schräg gegenüber sitzt und gebannt den Spot verfolgt. Dabei zeigt er in wenigen Abständen zwei oder drei Mal hintereinander auf den Bildschirm und schüttelt seinen Kopf. Unterstützend wippt er mit seinem rechten Fuß. Ich möchte etwas sagen, wende mich der Szenerie dann aber wieder ab und konzentriere mich auf das gezapfte Glas Bier vor mir.

Auf unserem Tisch stehen ein leerer Teller, ein Teller mit Schnitzel und Pommes, zwei gefüllte und sechs leere Biergläser. Mit einem nicht endenden Schluck leere ich das Bierglas, verziehe mein Gesicht, gebe ein kurzes „Bah" von mir und schiebe den Teller mit dem Schnitzel und der Pommesbeilage zu Olaf hinüber, der meine Geste mit einem kurzen Blick, der von Verständnislosigkeit in Mitleid übergleitet, erwidert. Ich zeige Olaf meinen Daumen – das international anerkannte Zeichen für „Alles super!" – und führe ihn mit leicht geöffneter Hand im Anschluss in einer Kippbewegung zum Mund – das international anerkannte Zeichen für „Wir-trinken-noch-einen-Ich-hol-was". Dabei spitze ich die Lippen und mache Nickbewegungen. Als ich von meinem Stuhl aufstehe, knicken meine Beine weg wie bei glibberigen Gummifiguren, die kleine Kinder an

Hauswände schmeißen, um sie an den Wänden hinab klettern zu sehen. Mit der rechten Hand greife ich nach der Stuhllehne, mit der linken nach dem abgerundeten Holzbrett, das sich um den Betonpfeiler neben unserem Tisch schlängelt. Das Holzbrett verfehle ich knapp mit den Fingerspitzen, was mich nach links abdriften, die Stuhllehne loslassen und mit meiner Schulter auf den Betonpfeiler aufschlagen lässt. Für einige Sekunden verharre ich in dieser Stellung und sehe mich im Raum um, wobei ich meinem Gesicht ein übertriebenes Lächeln auferlege.

Mit dem angespannt freudigen Ausdruck im Gesicht stehe ich vor der Theke und sage nichts. Ich schaue abwechselnd auf das sich lösende fleckige Holz unterhalb der Theke und das mit Streichholzschachteln gefüllte Goldfischglas vor mir und unterdrücke das Schwindelgefühl.

„Noch zwei?", hallt mir eine gleichgültige Stimme aus den Tiefen der Theke entgegen.

Ich nicke.

Mit einem Anflug von Erleichterung stelle ich fest, dass ich nach Bezahlung dieser zwei Bier nur noch 80 Cent einstecken habe, was höchstens noch für ein Dosenbier am Kiosk reicht.

Wir schweigen und trinken, und Barbara Salesch schiebt ihre Lesebrille auf die Nasenspitze und runzelt die Stirn.

Olaf sagt: „Dieses Schnitzel ist der Rolls-Royce unter den Schnitzeln."

Ich merke, wie die Säure langsam meine Speiseröhre empor kriecht.

Er sagt: „Hongkong hat die höchste ‚Rolls-Royce-per-Kopf'-Rate der Welt."

Die Säure kratzt an den oberen Speiseröhrenbereich.

Er sagt: „Im militärischen Bereich ist Rolls-Royce der größte Triebwerkshersteller in Europa."

Die Säure erreicht meinen Gaumen.

Er sagt: „Charles Rolls war der erste Brite, der bei einem Flugzeugabsturz ums Leben kam."

In meinem Mund bildet sich eine brennende Masse.

Ruckartig springe ich von meinem Stuhl auf. Die Gläser auf dem Tisch schlagen aneinander. Ich versuche, kontrolliert durch die Nase zu atmen, was aber nicht funktioniert. Meine Mundhöhle füllt sich mit einer breiigen Masse, während ich durch den Raum eile. Ich stoße die klebrige Toilettentür mit dem Messingschild „Herren" auf und schaffe es gerade noch, mich in ein Pissoir zu übergeben. Der netzförmige Plastikschutz über dem Abfluss filtert die gröberen Stücke heraus. Schwer atmend setze ich mich auf den braun gefliesten Boden vor den zwei Pissoirs. Durch den Schwindel hindurch nehme ich war, dass meine Hände zu zittern begonnen haben.

Dann Stille.

Mir ist, als hätte ich ein Geräusch aus der geschlossenen Kabine nebenan wahrgenommen. Vielleicht ein Scharren, vielleicht ein tiefes Gurgeln. Vielleicht auch nichts.

Das Pissoir vor mir verschwimmt. Ich schließe meine Augen.

„Was hast *du* denn erwartet?", fragt eine Stimme, die mir bekannt vorkommt, ich aber noch nicht zuordnen kann.

Ich stöhne auf, schüttele meinen Kopf und fahre mir mit beiden Händen über die Kopfhaut.

„Was hast *du* denn erwartet?", dringt es aus der Kabine.

Dann erkenne ich, dass es Barbara Salesch ist, die dort spricht, die mir ihre bohrende Frage wie einen Giftpfeil entgegen schießt.

Auf allen Vieren krieche ich zu der Kabine und stoße die Tür auf. Und während ich auf meinen Knien sitzend in die leere Kabine hinein beteuere, dass ich das auch nicht wisse, klopft es von außen an die Toilettentür.

dreizehn

Beim fünften Versuch gelingt es mir, den kleinen Schlüssel in das Schloss des weißen Blechbriefkastens zu schieben. Aufgrund der „Souterrain"-Lage, in der ich wohne, befindet sich der Briefkasten im 100 Meter entfernten Eingangsbereich des Hauskomplexes. Obwohl sich seit nunmehr nahezu sechs Wochen kein Brief mehr in meinen Kasten eingefunden hat, öffne ich die Blechklappe mit einem gewohnten Gefühl des Unwohlseins, das sich durch den Alkohol in meiner Blutbahn noch verstärkt. Olaf tippt ungeduldig mit den Fingerspitzen seiner rechten Hand an den hölzernen Rahmen der Eingangstür.

Als ich den Briefumschlag aus Recycling-Papier wahrnehme und mein Gedanke durch den Stempel „Finanzamt" in der rechten Ecke bestätigt wird, entspannt sich meine Muskulatur. Aber gleichzeitig überrennt mich auch ein godzillagroßes Unbehagen.

„Ein Brief", sage ich zu Olaf.

Ich halte den Umschlag schief, schüttele ihn und reiße die linke Seite des Rechtecks ab. Den Briefumschlag entsorge ich umgehend in dem Hausflurmülleimer, der regelmäßig mit Einkaufscenterbroschüren gefüllt ist.

Im Gehen werfe ich einen Blick auf den Briefbogen. Ich sehe die Buchstaben unscharf, kann aber das Wichtigste aufnehmen. Wir verlassen den Hauseingang und treten auf den schmutzigen Asphalt des Gehwegs.

‚Bescheid

über

Einkommensteuer

Kirchensteuer

und

Solidaritätszuschlag‘, steht da.

‚Art der Steuerfestsetzung‘, steht da.

‚Der Bescheid ist nach § 165 Abs. 1 Satz 2 AO teilweise vorläufig‘, steht da, was mich nicht weiter beunruhigt.

Die Anwohnerparkplätze rechts und links der Straße sind großenteils nicht belegt.

Ich werfe einen kurzen Blick über die Tabellen auf der Vorderseite und wende dann das Blatt. Beiläufig nehme ich unter dem Punkt ‚Berechnung der Steuer‘ und der Untergliederung ‚festzusetzende Einkommensteuer‘ den Betrag 0,00 € wahr. Dem Schreiben sind drei weitere Seiten zur ‚Erläuterung der Festsetzung‘ beigefügt, die ich nicht lesen werde.

Von weiter hinten hören wir ein eiliges High-Heels-Klackern, das sich weiter von uns entfernt und schließlich im hektischen Rauschen der Hauptverkehrsstraße, die sich wie eine Würgeschlange um mein Wohnareal legt, untergeht.

„Und? Alles okay?", fragt Olaf, der sich mittlerweile in seinem grauen Kapuzenpullover wie in einem Vogelnest eingerichtet hat. Die dunklen Augenringe dominieren seinen Blick.

Ich nicke. Godzilla grüßt.

„Sieht mir eher nach einem offiziellen Schreiben aus", sagt Olaf.

„Finanzamt, oder?"

Dann schiebt er noch ein „Steuerbescheid?" hinterher, und wir wissen beide, dass er das längst auf den Zetteln in meiner Hand gelesen hat und diese Nachfrage nur der offiziellen Gesprächserlaubnis halber stellt.

Ich antworte mit einem „Mmmhh" und stoße noch ein undeutliches „Jup" hervor, das zu verstehen geben soll, dass ich völlig entspannt bin.

„Gibt ja angenehmere Briefe", fährt er fort.

„Joa, na ja", sage ich.

„Die wollen uns echt klein machen", sagt Olaf.

„Die quetschen uns aus, wo sie nur können", sagt Olaf.

Wir gehen wortlos nebeneinander her. Dann stoppt Olaf ab, schüttelt seinen Kopf, deutet auf mich und sagt: „Nein!"

Er sagt: „Diesmal zahlst du einfach nicht!"

Er dreht seinen Kopf, schaut in einen Hauseingang, schüttelt dann wieder seinen Kopf und gibt laute Atemgeräusche von sich. Seine Nasenflügel wölben sich nach außen. „Fuck off Steuer!", brüllt er in die Nachmittagsluft.

Aus dem kleinen Transistorradio in der Kochnische dröhnt scheppernd die Stimme Sam Cookes.

„Another Saturday Night And I Ain't Got No Party / I Got Some Money 'Cause I Just Got Paid / How I Wish I Had Someone To Talk To / I'm In An Awful Way".

Olaf ist gleich nach Betreten meiner Kellerwohnung zielstrebig in die Kochnische marschiert, hat das Radio eingeschaltet und einen Blick in den Kühlschrank geworfen. Ich schüttele den Kopf. Mir ist noch übel. Olaf verzieht sein Gesicht zu einer fragenden Grimasse, zieht seine Schultern hoch und sagt:

„Wie? Nur noch zwei Bier im Kühlschrank!"

Ich ziehe meine Schuhe aus. Ein Schwindelgefühl hat sich in meinem Kopf festgebissen. Ich lasse mich auf das Schaumstoffsofa sinken, das ich im Küchenwohnraum so positioniert habe, dass man geradewegs in die Kochnische schaut. Der graue mit braunen Flecken überzogene Bezug des Sofas, das wahrscheinlich ursprünglich für Kinderzimmer konzipiert wurde, ich aber vor zwei Jahren in einem Hausdurchgang mit dem Schild ‚zu verschenken' entdeckte, gibt ein ächzendes Geräusch von sich, so als würde der Schaumstoff darunter verbogen werden. Mein Kopf verschmilzt mit der weichen Masse der Rückenlehne. Ich schließe die Augen.

Olaf öffnet eine Dose Bier. Das Zischen übertönt die Ansage des Radiomoderators. Er lässt sich neben mich auf das Sofa fallen, so dass mein Körper ruckartig nach vorne katapultiert wird, um kurz danach wieder in der weichen Masse zu versinken.

„Kein Mitbewohner da?", fragt Olaf.

Ein beißender Geruch aus Alkohol und Schweiß umgibt uns. Der getrocknete Speichel an meiner rechten Wange blättert porös auf den Sitzbezug des Sofas. Ich atme durch den Mund laut ein und aus und setze mich mit den Oberschenkeln auf die Innenflächen meiner Hände.

Ich sage: „Okay!"

Aus dem Hinterhof ertönt ein knallendes Geräusch, das Zerstörung ankündigt. Olaf springt von dem Schaumstoffsofa mit einem ‚Huh'-Laut auf und verschüttet dabei Bier auf den vor ihm liegenden IKEA-Teppich, Modell ‚Signe'.

„Fuck, was war denn das?"

Olaf wirft mir einen fragenden Blick zu, dann wendet er seinen Kopf in Richtung des rechteckigen Fensterspalts am hinteren Ende des Zimmers. Mit erwartungshungrigen Schritten stapft er quer durch die 15 Quadratmeter Ödnis. Ich ziehe meine Hände unter den Oberschenkeln hervor und betrachte die glänzenden Schweißperlen auf den Innenflächen. Olaf steht vor dem Fensterspalt, der einen kniehohen Blick in den Hinterhof ermöglicht, und schüttelt seinen Kopf.

„Nee, oder?"

Ich gehe langsam zu dem Fenster, stelle mich neben Olaf und schaue hinaus. Der dunkelblaue VW Golf des Hausmeisters Hermann Hansen steht auf dem Hinterrad eines Fahrrads, dessen Rahmen mehrfach verbogen ist. Die Fahrertür des Golfs springt auf und die Tochter Hermann Hansens steckt ihr völlig überschminktes Gesicht heraus. Dann gibt sie erneut Gas, um von dem an der Unterseite verhakten Fahrradgestell loszukommen. Hinter dem Auto steht Janine, die Freundin von Hansens Tochter. Janine trägt einen schokobraunen Jogginganzug aus Frottee, der sich über ihren immensen Leibesumfang spannt. In einer plötzlichen Ruckbewegung springt der Golf von dem Fahrrad und wird abrupt abgebremst. Mein Darm gibt beunruhigende Laute von sich. Aus dem Wagen steigt die lachende Hansen-Tochter, die ihre Schultern hochzieht und mit der rechten Hand ihren Mund verdeckt. Janine schüttelt grinsend ihren aufgedunsenen Kopf. Mit einem Klicken und kurzen Aufleuchten der Blinklichter verriegelt die Hansen-Tochter den Wagen. Anschließend drehen sich beide hektisch im Kreis und beobachten die Fenster der Häuser. Das rechteckige Bodenfenster, von dem aus wir die Szenerie verfolgen, entdecken sie nicht. Janine schüttelt den Kopf, die Hansen-Tochter zuckt mit den Schultern. In groben Schritten verlassen die beiden 13-Jährigen den Hinterhof.

„Die Erziehung der Straße", grinst Olaf.

Mit einem unterdrückten Schrei beende ich die vergangenen 25 Toilettenminuten. Schweißtropfen bahnen sich ihren Weg entlang meiner Schläfen. Die große Erleichterung geht einher mit einem stechenden Schmerz, der sich ausgehend von der Austrittsöffnung meines Darmes und seiner Schließmuskeln in die tiefen meiner Eingeweide zu bohren scheint. Den Kopf an die gelblichen Kacheln des Badezimmers gelegt bemerke ich die roten Spuren auf dem Toilettenpapier. Meine inneren Hämorrhoiden grüßen. Mein zittriger Mittelfinger tastet sich behutsam um das angespannte Fleisch des Anus'. Schweiß rinnt über meine Wange bis an die Spitze meines Kinns. Nachdem sich der stechende Schmerz gelegt hat, stehe ich auf, ziehe mit der linken Hand meine Hose hoch und wasche die Blutspuren von dem Mittelfinger der rechten.

„Alles in Ordnung?", fragt Olaf, als ich die Badezimmertür öffne.

„Okay", sage ich, „ich werde gehen."

Vorsichtig gehe ich den verständnislosen Blicken Olafs entgegen, der jetzt die Bierdose auf den kreisrunden weißen Plastiktisch, der vor dem Schaumstoffsofa steht, abstellt.

„Wo soll's denn hingehen?", wirft er mir hinterher, als ich mich bäuchlings auf die Matratze in meinem Zimmer fallen lasse. Die Arme entlang meines Körpers, die linke Wange in den weichen Stoff des Kissens gedrückt, den Mund weit geöffnet, versuche ich nach Luft schnappend eine Antwort zu finden.

vierzehn

Einzelne Klang- und Bildfragmente treffen die Synapsen meines Gehirns. Leise Wahrnehmungsmomente von Entschlüssen und Entscheidungen. Das Gurgeln der Wasserrohre in der Außenwand meines Zimmers schwillt zu einem monströsen Rauschen in meinen Schläfen an und gibt mir das Zeichen, dass es nicht länger zu verhindern ist, das Bett zu verlassen, die im Zimmer verteilten leeren Dosen aufzusammeln und ein Reisegepäck auszuwählen, das mich begleiten wird auf meinem Weg.

Ich habe mich gegen eine Reisetasche entschieden. Zeit ist der einzige Besitz, dessen Vorhandensein im Überfluss niemand öffentlich zur Schau stellt. Zahnbürste, Unterhose, Aspirin, ein Paar Socken, eine Packung Baldrianwurzeln zum Kauen und ein Notizbuch mit Kugelschreiber sind in meiner Laptop-Tasche verstaut. Wartend auf das Zeichen des Aufbruchs gehe ich unruhig in meiner Wohnung auf und ab. Das Telefon klingelt. Es ist Olaf.

„Hey", sagt er.

„Hey", sage ich.

„'ne gute Fahrt wünsche ich dir."

Ich schaue auf die Uhr.

„Ja, hast du mir gestern bereits gewünscht."

„Okay", sagt er.

„Also dann."

„Bis dann."

Ich lege auf. Den Hörer stelle ich in die Ladestation. Nehme ihn dann wieder raus. Stelle ihn rein, nehme ihn raus, stelle ihn rein, nehme in raus, stelle ihn rein – jetzt ertönt der Auflade-Jingle.

„Geht doch!", sage ich in den Raum hinein.

„Läuft!", sage ich.

Mit der rechten Hand streiche ich über die Bundfalten meiner schwarzen Nadelstreifenhose. Ich sehe mich im Spiegel an und nicke. Über dem weißen Hemd trage ich das blaugraufarbene Cord-Jackett, das ich vor drei Jahren im Kleidermarkt an der Feldstraße gekauft habe. Obwohl oder vielleicht auch weil ich das Jackett bisher noch nicht oft getragen habe, weiß ich, dass etwas nicht stimmt. Ich betrachte mich weiterhin im Spiegel. Nein. Es ist nicht das Jackett. Nicht das weiße Hemd mit den kleinen Plastikeinlegern im Kragen. Nicht die schwarzen Turnschuhe, deren Spitzen lackbeschichtet sind. Ich schnüre die Schuhe auf, stelle sie neben die Eingangstür. Dann öffne ich die Hose, streife sie über meine Beine, nehme sie in die Hände und betrachte sie eingehend. Schnellen Schrittes eile ich in die Küche. Ich durchsuche die Schublade, in der das Reibebrett, der Korkenzieher, Kochlöffel, Eierbecher, Bleigießfiguren vom vergangenen Jahreswechsel, eine Zitronenpresse, hölzerne Schaschlikspieße und eben die große Bastelschere mit den roten Griffen liegen. Die Hose habe ich auf dem Küchentisch abgelegt. Mit vorsichtigen Schnitten trenne ich den weißen Stofffetzen mit der Aufschrift ‚DIVIDED' aus dem hinteren Teil der Hose. Das Handy auf dem Küchentisch vibriert und kündigt mit dem Klang eines Beckenschlags den Erhalt einer Kurznachricht an. Mein Handy ist extra flach und klein und besitzt die Optik eines derjenigen Handys, die ungefähr ein halbes Jahr vor Erscheinen des iPhones jeder haben wollte. Irgendwas mit Chocolate oder so ähnlich. Das Display meines Handys erinnert jedoch eher an die C64-Spiele der 80er Jahre. In großen neonblauen Buchstaben steht dort geschrieben:

„Abfahrt verzögert sich eine Stunde. Hoffe, das geht klar. Treffpunkt bleibt. Bis später"

Ich ziehe meine Hose und die lackbeschichteten schwarzen Turnschuhe wieder an, werfe noch einen Blick in den Raum, hänge mir die Laptop-Tasche über die Schulter und verlasse meine Wohnung in Richtung Blume 2000.

Mit einem lauten Krachen, das auf das Zischen der Türentriegelung folgt, springt die Tür der alten U-Bahn auf. Neben dem Gestank von feuchter stehender Luft dringt mir eine Horde pubertierender Schüler entgegen, gefolgt von dem ‚Showtime-in-der-U-Bahn'-Duo, das mit ebenjener Bezeichnung seinen Kurzauftritt während der Fahrt zwischen zwei Stationen ankündigt. Der Alte mit der Baseballmütze ist für den Bass zuständig, während sein junger Begleiter mit den blonden Locken und der Talisman-Kette den Tenor gibt. Den Bund Narzissen für Frau Kreidler in der rechten Hand und die Laptoptasche von der linken Schulter quer über den Oberkörper gehängt betrete ich die Bahn. Ich setze mich ans Ende des Waggons, direkt neben eine Mutter mit ihrer ungefähr sechsjährigen Tochter. Das Kind verfolgt jeden meiner Schritte mit Aufmerksamkeit. Auch als ich schon länger sitze, wendet sich der Blick des Kindes nicht von mir und den Blumen ab. Ich grinse es an, aber es starrt nur zurück. Erst als ihre Mutter sie auffordert, sie möge doch den Mann mit den Narzissen nicht so anstarren und dies mit Nachdruck unterstreicht, indem sie ein energisches „Laura" hinterher schiebt, lässt Laura von mir ab und wendet sich dem mit Edding bestrichenen Sitzbezug, der verkratzten Fensterscheibe, dem Belüftungsgitter unter der Sitzbank und dem silbernen, ausklappbaren Müllschlitz zu. Sie geht aus unserer Sitznische heraus, hält sich an der Stange im Einstiegsbereich fest und schaut in den Raum des Waggons. Laura trägt eine grüne Stofflegging, dunkelblaue kleine Turnschuhe mit Klettverschlüssen und einen grauen Pullover, auf dem in verschiedenen Farben Fliegenpilze aufgenäht sind. Sie dreht sich zwei-, dreimal um die Stange, kommt dann zurück in die Sitznische und setzt sich gegenüber ihrer Mutter auf den zerschlissenen Bezug.

„Fahren wir Zug?", fragt sie.

Die Mutter schüttelt den Kopf. Neben ihr steht ein Jutebeutel, aus dem mehrere Schnellhefter hervorragen.

„Du meinst jetzt gerade?"

Laura zuckt mit den Schultern, unschlüssig, ob ihre Frage Sinn ergeben hat. Doch dann antwortet sie mit:

„Mmhh, ja"

„Nein Schatz, wir fahren U-Bahn. Das ist so etwas Ähnliches wie Zug. Ein Zug fährt zwischen Städten."

Laura blickt aus dem Fenster. Wir kommen an die Oberfläche und überqueren eine stark befahrene Straße.

„Auf Schienen?", fragt das Mädchen.

„Ja", die Mutter nickt, „die U-Bahn fährt auf Schienen. Auch ein Zug fährt auf Schienen. Die U-Bahn fährt aber nur innerhalb *einer* Stadt."

Laura sieht mich an und verzieht das Gesicht.

„Mama?"

„Ja, Schatz?"

„In welcher Stadt fahren wir denn?"

Die Mutter grinst.

„In der Stadt, in der wir leben", sagt sie.

Das Mädchen schüttelt den Kopf, steht von ihrem Sitzplatz auf, geht zum Fenster und drückt ihre Nase an die Scheibe. Auf der Elbe läuft ein Containerschiff ein.

„Toll, nicht?", fragt die Mutter. „Das ist ein ziemlich großes Schiff."

Laura hebt ihre Hände über den Kopf und macht ein Zeichen, das für ‚groß' stehen soll. Sie lacht, schaut ihre Mutter an und dann wieder aus dem Fenster.

„Ist ein ganz schöner Brocken", sagt die Mutter.

Laura grinst.

„Ein ganz schöner Brocken", wiederholt sie.

Beide schauen aus dem Fenster.

Als wir in eine Haltestelle einfahren und der Blick auf den Fluss durch die Überdachung verdeckt ist, steht das Mädchen vor ihrer Mutter und spielt mit ihren Fingern an den aufgenähten Fliegenpilzen auf ihrem Pullover herum.

„Du, Mama?"

„Ja, was gibt's denn?"

„Kennst du das hier?".

Sie deutet mit dem Zeigefinger der rechten Hand aus dem Fenster.

Ein Zucken durchfährt die Mundwinkel der Mutter.

„Weißt du, Schatz … früher war ich öfter hier … am Hafen, wo viele Schiffe vorbeifahren."

Die Mutter streicht mit der linken Hand über Lauras Haar, mit der rechten umgreift sie die Jutetasche.

„Gefällt es dir in der U-Bahn? Macht es dir Spaß, so in der Gegend rumzufahren?", fragt sie.

Das Kind antwortet mit einem heftigen Nicken und kichert dabei.

„U-Bahn-Fahren macht Spaß", sagt Laura.

„Ja, das finde ich auch. Wir müssen die Papiere aber noch beim Amt einreichen. Danach fahren wir weiter. Einverstanden?"

„Einverstanden, Mama!"

Mein Blick hat sich an dem schwulstigen Gummi der Fensterscheibe festgesaugt. Und während ich immer tiefer in das Schwarz des Gummis vordringe, verkrampft sich meine Hand um die Stängel des Narzissenbundes.

In der Mitte des kleinen Parkplatzes neben der Tankstelle hat sich in einem Schlagloch eine dunkle Pfütze gebildet. Die Autos, die vollgetankt das Gelände verlassen, drehen eine kleine Runde um das bis zum Rand gefüllte Loch und passieren dann die östliche Ausfahrt, an der ich mit den Blumen und der Laptoptasche warte. Jeder vorbeirollende Fahrer erlaubt sich geschützt von der ihn umgebenden Karosserie einen Blick auf die Gestalt an der Ausfahrt. Ich erwidere ihre Blicke freundlich, da jeder Blickende mein potenzieller Kontakt Thorsten sein könnte. Am anderen Ende des Platzes steht eine höchstens 1,60m große Mitte 20-jährige Schwarzhaarige. Auf dem Boden neben ihr liegt eine rote Sporttasche mit weißen Streifen. Außer uns beiden ist niemand auf dem Parkplatz zu sehen, was die Möglichkeit erhöht, dass wir auf die gleiche Mitfahrgelegenheit warten.

Nach 15 Warteminuten gehe ich in die Tankstelle. Ich kaufe einen Schokoriegel, einen Liter Wasser und zwei Dosen Bier. Das Bier und den Schokoriegel verstaue ich in der fast leeren Laptoptasche. Aus der Wasserflasche nehme ich einen großen Schluck und verlasse das Tankstellenhäuschen. Als ich auf den Parkplatz trete, sehe ich die kleine Schwarzhaarige ihre rote Sporttasche in den Kofferraum eines schwarzen BMWs einladen. Ich beeile mich, in Richtung des Wagens zu kommen. Dabei spritzt mir Wasser aus der geöffneten Flasche auf das Jackett. Während meines betulichen Sprints versuche ich, den blauen Plastikdeckel auf die Flasche zu schrauben, was mir erst im dritten Anlauf gelingt. Der auf der Fahrerseite stehende Mittdreißiger bemerkt mich und geht mir mit langsamen Schritten entgegen. Er trägt eine dieser randlosen Brillen, die sich scheinbar im Bankgewerbe großer Beliebtheit erfreuen. Nachdem sich der Mittdreißiger als Thorsten vorgestellt hat, drückt er mir einen Zettel und einen Kugelschreiber in die Hand und gibt mir zu verstehen, dass ich unterschreiben solle.

„ERKLÄRUNG", steht da in Versalien.

„Hiermit erkläre ich, dass ich auf eigenes Risiko die Mitfahrgelegenheit wahrnehme. Im Falle eines Unfalls, der auch mit dem Schaden meiner eigenen Person einhergehen kann, versichere ich, keinerlei Ansprüche gegenüber dem Fahrer und Besitzer des Wagens geltend zu machen. Eventuelle Vorkommnisse innerhalb der vereinbarten Fahrstrecke sind nicht dem Fahrer anzulasten."

Durch die Heckscheibe des BMWs sehe ich, dass auf der Beifahrerseite noch eine weitere Person sitzt. Ich unterschreibe und gebe den Zettel zurück.

„Alles klar", sagt Thorsten.

„Dein Notebook willst du ja wahrscheinlich mit auf die Rückbank nehmen."

Ich nicke.

„Wäre übrigens cool, wenn ihr im Auto nichts essen würdet. Die Sitzbezüge sind etwas empfindlich."

„Schön, nun gut", sagt Thorsten. „Ab auf die Straße!"

Thorsten schwingt sich auf den Fahrersitz. Die Schwarzhaarige und ich werfen uns einen Blick zu. Ich steige auf der Fahrerseite ein. Bis zu meinem Tod werde ich 819.214 Kilometer zurückgelegt haben.

fünfzehn

Der Asphalt verschwimmt vor meinen Augen, ein flirren-
des Bild bis weit die Straße hinunter. Die Schwere der
Hitze legt sich auch am späten Nachmittag noch wie Blei
auf meine Haut. Ich bin sieben, vielleicht acht Jahre alt,
trage eine kurze Hose von Adidas. Rote Farbe. Die drei
weißen Streifen enden in einem kleinen Dreieck, das je-
weils an den Seiten der Beine eingeschnitten ist. Meine
Füße stecken in Ringelsocken, um die sich wiederum hell-
braune Sandalen wickeln. Der Kragen meines waldmeis-
tergrünen Frottee-Shirts ist aufgestellt. In der rechten
Hand halte ich ein Alurohr aus dem Baumarkt, links ne-
ben mir liegt eine Packung mit getrockneten Erbsen. Eine
Haarsträhne klebt an meiner Stirn.

„Bauarbeiten. Ist spannend, oder?", sagt unser Haus-
mädchen und meine Babysitterin Marlene.

Sie steht hinter mir. Ich sitze auf dem kleinen Rasen-
stück des Vorgartens unseres Reihenhauses. Auf der ge-
genüberliegenden Seite ist ein Loch in die Straße gerissen.
Ein rot-weißes Gitter umgibt die Stelle. Zwei Männer in
orangefarbenen Signalwesten tragen schweres Werkzeug

zu der Stelle. Einer steigt in das Loch hinab und beginnt mit einer Spitzhacke auf irgendetwas in der Tiefe einzuschlagen, der andere zieht mit einer Art Handschleifer eine Markierung in den heißen Asphalt. Noch aus der Entfernung sehe ich den Schweiß, der auf ihren Armen steht, der unter ihren Helmen heraustropft und quer über ihre Gesichter läuft. Der Wagen meines Vaters fährt in die Hofeinfahrt ein. Er steigt aus, holt sich von der Rückbank seine Ledertasche, schließt den Wagen ab, sieht herüber und sagt:

„Guten Tag, Marlene"

Sie nickt ihm zu. Er geht um den Wagen herum, sieht mich im Rasen sitzen und kommt zu uns herüber. Er stellt sich neben mich, schaut, wohin mein Blick geht. Zwischen 20 und 30 Sekunden stehen wir alle still und beobachten die Bauarbeiter, dann geht er in die Hocke, blickt auf meine rechte Hand, beugt sich zu mir und sagt:

„Dieses Spuckrohr ist nichts für große Jungs."

Ich blicke ihn an, er macht eine kurze Pause, deutet dann mit seinem Zeigefinger auf die Baustelle.

„Sieh genau hin!"

Ich drehe meinen Kopf wieder in Richtung der Bauarbeiter. Einer der Männer hat jetzt seinen Helm abgenommen. Seine Haare bilden eine durchnässte Schicht. Er fährt sich mit dem Rücken seines Handschuhs über die Stirn.

„Ist es das, was du willst?", fragt mein Vater.

Ich blicke ihn wieder an, seine Augenbrauen sind hochgezogen, er schüttelt leicht seinen Kopf.

„Wenn du lieber mit Erbsen und Spuckrohren spielst, als deine Hausaufgaben zu machen, endest du genauso."

Meine Gesichtszüge sind eingefroren, ich weiß mich nicht zu bewegen.

„Das wollen wir doch nicht", sagt er.

Mit seiner rechten Hand streicht er mir über die Frisur, steht dann auf und geht ins Hausinnere.

sechzehn

Weil ich ganz genau weiß, was kommen wird, nehme ich heimlich zwei Baldrianwurzeln aus der Laptop-Tasche, stecke sie mir in den Mund und kaue langsam darauf herum. Dabei drehe ich meinen Kopf zum Fenster, nur Thorsten könnte durch den Außenspiegel meine behutsamen Kaubewegungen wahrnehmen, konzentriert sich aber auf den Straßenverkehr. Ich beobachte den Außenspiegel und ihn aus meinen Augenwinkeln. In unregelmäßigen Abständen, so scheint mir, streichelt er mit seiner linken Hand über das schwarzlederne Lenkrad. Noch füllt die Stille zwischen Fremden die glänzende Karosserie. Ich weiß, dass ich das Unvermeidliche nicht aufhalten oder hinauszögern kann, und versuche mich in Gelassenheit. Möglich wäre auch, Schlaf vorzutäuschen, was mich allerdings selbst etwas anwidert. Nicht nur den Fluchtgedanken empfinde ich als verwerflich, sondern vor allem die Vorstellung eines im Schlaf sabbernden Mitfahrers, auch wenn ich das Sabbern sicherlich nicht in mein Ich-Schlafe-

Schauspiel-Repertoire einbauen würde. Dennoch ist es der Gedanke des Geborgenseins, des völligen In-Sich-Ruhens, des Mit-Sich-Zufrieden-Seins zwischen fremden Menschen in einem fremden Auto, der in mir Unbehagen verursacht.

Ich konzentriere mich auf die aufgezogene graue Wolkendecke am Himmel, die schwer auf den Häusern dieser Stadt lastet. Vielleicht lassen sich Figuren entdecken oder Botschaften fernab der Regenprognose. Aber da ist nichts. Nicht einmal Weite ist durch die wenigen aufgerissenen Löcher zu erkennen. Hinter dem Grau befindet sich ein weiteres Grau, das nur darauf wartet sich zu übergeben. Ich starre auf eine ganz besonders dunkle Stelle und frage mich, ob es ein solcher Punkt ist, der den Regen auslöst, der alle Dämme brechen lässt, ähnlich einer Kettenreaktion, die einmal losgetreten, nicht mehr aufgehalten werden kann. Der graue Punkt verschwindet hinter einem Haus, dessen stuckverzierte Fassade herrschaftlich ist, die Seitenwände jedoch von einem gesichtslosen Backsteinbau erzählen. Wir sind Teil des Stadtverkehrs, der sich mühevoll durch die Straßen quetscht und der neben einer Geräusch- auch eine Lichterflut aus gelben und roten Scheinwerfern erzeugt und auf den großen Regen wartet.

Schweigen im Wagen. Nicht einmal das bei Mitfahrgelegenheiten übliche Geplärre eines Formatradiosenders mit seiner Diktatur der guten Laune erfüllt die Innenluft. Lediglich das Gebläse der Klimaanlage sorgt für ein monotones Grundrauschen und unterstützt die erahnte Lärmkulisse, die von außen gedämpft auf uns eindringt.

Die Schwarzhaarige neben mir dreht ihren Kopf in meine Richtung. Ich lasse mir nicht anmerken, dass ich das bemerke, schaue weiter aus dem Fenster. Sie sagt nichts. Neben uns türmen sich die hell erleuchteten Büroräume auf, die sich in den Häusern entlang der Straße befinden. Unzählige Bildschirme werfen ihr Licht in erstarrte Gesichter und ich muss kurz an Maria, die Mensch-Maschine aus Metropolis, denken, weiß aber nicht warum. Dann verkrampft sich meine Wadenmuskulatur, so dass ich beschließe, die Baldrianwurzeln zu schlucken. Um die Wurzeln runterzuspülen, öffne ich die Wasserflasche mit einem Zischen, was Thorsten, wahrscheinlich aus Sorge um seinen Sitzbezug, in den Rückspiegel schauen lässt. Ich nehme einen Schluck Wasser und grinse von der Rückbank dem Spiegel entgegen. Gerade als mir dämmert, dass ich mit dem Öffnen der Flasche wohl die Stille durchbrochen hab und das Baldrian noch lange nicht wirkt, atmet Thorsten schwer aus, trommelt mit den Fingern auf seinem Lenkrad herum und sagt:

„Scheiß Verkehr!"

Aber sein Kommunikationsversuch fruchtet zunächst nicht. Erst als er sich kopfschüttelnd im Wagen umschaut, um seiner Empörung Nachdruck zu verleihen, antwortet der Beifahrer mit nasaler Stimme:

„Ja, Feierabendverkehr."

„Eigentlich noch ein bisschen früh dafür", sagt Thorsten und schiebt sich sein randloses Brillengestell zurecht.

„Aber sein kann das natürlich. Logisch, je nachdem wann einer Schluss macht."

Vielleicht weil die Aussage sich erstmal setzen muss oder aber auch weil alles damit gesagt ist, kehrt wieder Ruhe ein.

Als wir die Brücken erreichen, die die Stadt hinter uns lassen, bricht mit einem einzigen alles Leben übertönenden Schlag der Himmel über uns zusammen und klatscht in nassen Fetzen auf uns herab. Das willkürliche, hysterische Trommeln der Regentropfen auf das Blechdach des Wagens unterbindet auch nur die Möglichkeit einer Kommunikation. Ich entspanne mich auf der Rückbank, verschränke die Arme und lege meinen Kopf auf die Nackenstütze. Nach einigen Minuten wage ich sogar einen Blick in Richtung meiner Sitznachbarin, die aus dem Seitenfenster die Wetterapokalypse verfolgt. In der dunklen Scheibe spiegelt sich ihr Gesicht. Und kurzzeitig bin ich froh, hier zu sitzen oder vielleicht sind es auch die Baldrianextrakte, die langsam zu wirken beginnen, obwohl ich keine Schläfrigkeit empfinde, nur gedimmte Gelassenheit.

Für die nächsten 40 Minuten schleichen wir gemeinsam mit den anderen unzähligen Automodellen über die völlig überwässerte Autobahn. Geschätzte 20 Kilometer bewegen wir uns in der Zeit vorwärts, ohne dass jemand ein Wort verliert. Thorsten wirkt trotz der widrigen Fahrumstände entspannt, denn sein unregelmäßiges Klopfen auf das Lenkrad empfinde ich eher als Ausdruck von Langeweile denn als Überforderung. Zwischen den beiden Vordersitzen entdecke ich einen Schalter für die Beheizung der Sitze und frage mich, ob auch die Rückbank eine Heizung zu bieten hat. Ich sehe mich um, kann aber außer automatischen Fensterhebern keinen weiteren Knopf entdecken. Es ist Sommer, und im Sommer benötigt man definitiv keine Sitzbeheizung, sage ich mir. Dennoch wirkt der Gedanke an eine Sitzheizung im Auto beruhigend. Es ist wirklich an alles gedacht, denke ich.

Das Quietschen der Scheibenwischer gibt mir die letzte Bestätigung, dass es aufgehört hat zu regnen. Wir sind eine knappe Stunde unterwegs, vor uns liegt noch gut dreiviertel der Strecke und Thorstens Frage an den Beifahrer schießt direkt in die Tiefen meines Darms:

„Und? Was machst du so?"

Ab jetzt lässt sich das Rad nicht mehr zurückdrehen, und es ist eine Frage der Zeit bis jeder das Vorstellwollknäuel in seinen Händen gehalten hat.

Durch die zarten Sonnenstrahlen, die in den Wagen fallen, bemerke ich in dem Moment, in dem der Beifahrer seinen Kopf Thorsten zuwendet, dass in seinen blondbraunen Locken angetrocknete Spuren von Haargel hängen.

„Ich studiere Weinwissenschaften."

„Nee, gibt's nicht!"

Und der Beifahrer nickt und grinst, dass seine Locken wackeln.

„Doch", näselt er hervor.

„Pfff, na, das ist ja mal interessant!"

Auch meine Sitznachbarin schaut jetzt nach vorne, weil wahrscheinlich auch sie noch nie von einem Studium der Weinwissenschaften gehört hat. Zugegebenermaßen habe ich das auch noch nie, bemühe mich aber recht teilnahmslos zu wirken, auch wenn niemand in meine Richtung schaut. Und diese Geste lässt mich automatisch an meinen ehemaligen Mathematiklehrer denken, der in jeder Schulstunde den Hass von 25 unschuldigen Kindern auf sich zog, weil er willkürlich einen Schüler aufrief, seine Hausaufgaben an der Tafel für alle zu verdeutlichen. In dem Moment, in dem er sich vor der Klasse aufbaute mit einem ernsten und chronisch genervten Gesichtsausdruck, der von seiner gestutzten Variante eines Victor-Emanuel-Barts untermauert wurde und dadurch noch dämonischer erschien, legte sich über mich ein herbeieilendes Gefühl vollkommener Teilnahmslosigkeit, von dem ich hoffte, dass es nach außen als Gelassenheit wahrgenommen wird, dass es nichts gibt, was mich aus der Fassung bringen könnte, dass ich mich im Prinzip gerne beteilige, weil das, was ich zu erzählen habe, interessant und bewundernswert ist. Den Vortritt könne man also getrost anderen überlassen.

Zwischen Fahrer und Beifahrer bricht ein Wein-Fachgespräch an. Jedes Mal wenn sich der Weinwissenschaftler, der sich zu Beginn des Gesprächs als Christian vorgestellt hat, zu unserem Fahrer Thorsten dreht, stellt sich der linke Kragenteil seines roten Hemdes auf, so als wolle es einen Schutzschirm gegen die Traubennamen bilden, die Thorsten jetzt stakkatomäßig ausspeit.

Chardonnay, Cabernet Sauvignon, Sauvignon Blanc. Er wackelt an seiner Brille, tippt deren Rand an. Riesling, Merlot, Syrah. Zögern. Tempranillo, Sangiovese, Nebbiolo. Mehr wollen ihm partout nicht einfallen. Christian grinst etwas zu überheblich und weist darauf hin, dass dies Rebsorten seien und dass es insgesamt so 16.000 gebe, von denen aber nur 1.000 für den gewerblichen Weinanbau zugelassen seien, was natürlich auch noch eine ganze Menge wären, bedenke man, dass es beim Kaffee nur zwei Arten der Kaffeepflanze gebe, die Arabica und die Robusta, und dass diese beiden Bohnen in jeder Kaffeesorte enthalten seien, was ja eigentlich ein Unding sei, vergleiche man das mit Wein, nur in Äthiopien, ja, da gebe es noch viele verschiedene Kaffeebohnensorten, die möglicherweise auch alle ihr eigenes sehr unterschiedliches Aroma hätten, was aber natürlich keiner so recht wisse, weil man diese eben nicht verarbeite. Man müsse sich das mal beim Wein vorstellen, die Verhältnisse übertragen sozusagen: Da trinke man also roten Wein, der einfach nur rot sei, und auf dem Etikett stünde „Der Geschmack Spaniens", und der Wein sei aus drei verschiedenen Traubensorten gewonnen, kaum nachvollziehbar aus welchen. Undenkbar. Was er damit sagen wolle, sei, dass wir es als ein unheimliches Glück wahrnehmen sollten, dass wir ein solch reichhaltiges Weinangebot hätten, was mit Sicherheit auch daran liege, dass die Trauben eben in Europa angebaut werden könnten und wir Europäer ja den Ackerbau gründlich gelernt hätten. Wie dem auch sei, man merke, dass die Weinwissenschaften ein weites Feld darstellen würden, was nun nicht wörtlich gemeint sei, dieser Wortwitz gefalle ihm jedoch. Und um die Vielfalt des Weinanbaus für uns Laien noch mehr zu verdeutlichen, möchte er doch noch ganz gerne betonen, dass es ja auch Weine gebe, die man jetzt nicht gleich in Gedanken hätte, spreche man über das Thema, wie zum Beispiel Schaumweine oder Likörweine, was durchaus echte Weine seien, denn was sei denn Champagner anderes als ein Wein, der mit einem Kohlendioxidgas aufgeschäumt werde? Eben.

Und als Christian eine kleine Abhandlung über den Schweizer Gletscherwein beginnt, überlege ich, noch eine dritte Baldrianwurzel zu kauen.

Nachdem der beifahrende Weinwissenschaftler seine Ausführungen beendet hat, legt sich eine zweiminütige Zeit der Stille über unsere Köpfe. Vielleicht ist das der beste Zeitpunkt, um offensiv wegzudösen, mein Gedankengang wird aber von Thorstens fast bellendem Einfall unterbrochen.

„Jetzt sag doch mal kurz und knapp, was die beste Weinsorte ist. Also die beste Rot- und die beste Weißweinsorte. Ich mach mir das manchmal mit nem guten Wein gemütlich und ab und an geb ich da auch ein bisschen was für ne Flasche aus. Und jetzt würd ich doch gerne mal wissen, ob meine Weinsorten bei deinen Empfehlungen vorkommen."

Aber Christian zuckt mit den Schultern und schüttelt seinen Kopf.

„So pauschal kann man das nicht sagen."

Thorsten wackelt an seiner Brille.

„Na ja, aber es gibt doch bestimmt so Kriterien, nach denen Wein beurteilt wird."

„Ja, klar gibt's die. Aber das heißt noch nicht, dass am Ende der Bewertung dann der beste Wein steht.

Das bedeutet ja nur, dass der Wein bestimmte Kriterien erfüllt."

„Na, aber die Kriterien geben doch bestimmt Auskunft darüber, ob und wie der Wein schmeckt."

Wieder schüttelt der Beifahrer seinen Kopf und spitzt dann die Lippen, so als denke er darüber nach, ob es sich noch lohne, weitere Ausführungen zu beginnen. Dann sagt er:

„Mit Geschmack hat das nichts am Hut."

Christian wirft einen grinsenden Blick in die Runde und schiebt dann noch nach:

„Geschmäcker sind eben verschieden."

Das scheint aber Thorsten nun gar nicht akzeptieren zu wollen. Er nimmt in seinem Fahrersessel eine aufrechte Sitzposition ein und deutet mit dem Zeigefinger in Richtung Frontscheibe.

„So einfach kann man sich das jetzt aber nicht machen. Vielleicht hat nicht jeder den gleichen Geschmack, meinetwegen, Geschmäcker können ja verschieden sein, aber dann irren sie eben."

Der Wein-Christian legt jetzt noch ein breiteres Grinsen auf.

„Von einem Geschmacksmonopol hab ich noch nix gehört. Jesus hat ja auch Wasser zu Wein gemacht. Das war mit Sicherheit ein ganz hervorragender Wein, obwohl er bestimmt nicht unseren heutigen Kriterien einer qualitativ hochwertigen Kelterei entspräche. Geschmack kann immer nur individuell beurteilt werden."

„Aber", beginnt Thorsten leicht erregt, um dann erstmal ein kurzes Schweigen einzulegen.

„Nun gut, aber generell kann man doch sagen, dass hochpreisige Weine schmackhafter sind als die Billigausgaben. Oder etwa nicht?"

„So ist es nicht", näselt Wein-Christian. „Nur weil der Marktpreis eines Weines nicht hoch ist, heißt das noch lange nicht, dass er nicht schmecken würde. Er kann sogar, was beispielsweise die Vollmundigkeit angeht, ganz hervorragend sein."

Weil es hierauf nichts mehr zu erwidern gibt, wirft Thorsten einen Blick aus dem Seitenfenster und sieht einen weißen Sportwagen an uns vorbeirauschen.

Jetzt lehnt meine Sitznachbarin ihren Oberkörper vor, stützt sich mit der rechten Hand an dem Beifahrersitz ab und sagt mit ruhiger Stimme:

„Also, ohne das Weinthema jetzt breit treten zu wollen, möchte ich nur kurz meine Erfahrung kundtun: weiß ist weiß und rot ist rot…"

Ohne dass sie ihre Ausführung beendet hätte, fahren gleichzeitig der Kopf des Wein-Christians und die gescheitelte Frisur Thorstens zur Mitte des Wagens. In ihrem Protest vereint wollen sie gleichzeitig eine Erwiderung beginnen, die meine Sitznachbarin aber vereitelt, indem sie sich nicht beirren lässt und ihren ruhigen Ton beibehält.

„Ich arbeite im ‚Paula' an der Alster. Das ist ja vielleicht ein Begriff. Ist zumindest ein hochpreisiges Etablissement. Wir haben dort zwei Sorten von

Wein. Einen roten und einen weißen. Welche Art von Wein der Kunde auch immer bestellt, er bekommt ihn in einer Glaskaraffe an seinen Tisch gebracht. Bislang hatten wir diesbezüglich so gut wie keine Beschwerden. Übrigens heiße ich Shirin. Hatte mich noch nicht vorgestellt."

Sie lehnt sich wieder zurück an die Sitzbank. Wein-Christian blickt kopfschüttelnd auf die Straße und näselt ein leises „Da magst du recht haben, diese Leute sind unser Problem, sie diskreditieren uns", während Thorsten euphorisch angestachelt scheint. Er tippt sich an sein Brillengestell, schaut in den Rückspiegel, dreht dann seinen Kopf in Richtung Rückbank.

„Im ‚Paula' arbeitest du! Super. Ein echt toller Laden ist das. Bin da auch öfter mal. Vielleicht haben wir uns ja dort schon gesehen?"

Er legt ein breites Grinsen auf, und ich glaube, er blinzelt mit seinem rechten Auge sogar meine Sitznachbarin an. Shirin zuckt mit den Schultern.

Wein-Christian schüttelt noch immer seinen Kopf und gibt Tststs-Laute von sich.

„Keine Ahnung. Gut möglich. Bin öfter dort."

Ich merke, dass sich von dem Wasser und vielleicht auch von dem Baldrian meine Blase langsam füllt.

„Das ‚Paula' ist, glaube ich, sogar mein Lieblingsladen, wenn ich länger darüber nachdenke. Ne echt tolle Atmosphäre dort."

Meine Sitznachbarin zieht die Augenbrauen hoch und verzieht ihre Mundwinkel.

„Was machst du denn dort?", fragt Thorsten.

„Kellnern."

Thorsten schweigt.

„Acht Euro die Stunde", schiebt meine Sitznachbarin nach.

Thorsten nickt, dann sagt er:

„Aha."

„Was ist denn Shirin eigentlich für ein Name?", fragt er nach kurzer Redepause.

„Ein iranischer. Meine Mutter kommt aus Iran."

Thorsten betrachtet seinen Seitenscheitel im Rückspiegel, streicht vorsichtig darüber und grinst.

„Ah ja", sagt er.

Seit einigen Minuten herrscht Schweigen zwischen den Autoinsassen. Ich achte nun vermehrt auf den leichten Druck in meiner Blase, den ich möglicherweise durch eine andere Sitzposition etwas abmildern könnte. Um aber nicht die Aufmerksamkeit auf mich zu ziehen, verharre ich in meiner Position. Dann fällt es wie ein Schlag auf mich herab. Ich drehe meinen Kopf in einer hektischen Drehbewegung erst nach links und dann nach rechts in Richtung meiner Sitznachbarin. Nichts. Auch als ich die Bewegung noch einmal wiederhole und dann meinen Blick in den Fußraum vor mir gleiten lasse, ist dort:

nichts. Definitiv, es sind keine Blumen im Wagen. Ich fahre mir mit der flachen Hand über den Kopf, kratze an der leicht entzündeten Stelle meines Hinterkopfs, die bereits seit mehr als acht Monaten nicht abheilt, und bewege meine Hand über die vor der Abfahrt frisch rasierte Wange, als ich vor meinem inneren Auge den Blumenstrauß für Frau Kreidler sehe, wie er vor mir auf dem Boden des Tankstellenhäuschens liegt, weil ich ihn dort abgelegt habe, um das Wasser, das Bier und den Schokoriegel zu bezahlen. Sofort verkrampft sich meine Wadenmuskulatur, und ich kann mich regelrecht in Zeitlupe beobachten, wie ich das Wort „Scheiße" in die verbrauchte Autoluft hauche.

Ich höre, wie Shirin einatmet, um etwas zu sagen. Es kommt aber nichts. Und gerade als sie einen zweiten Anlauf nimmt, dringt Thorstens Stimme mit dem Schwung eines Kettenkarussells durch die Karosserie.

„Ich bin übrigens Pillenverkäufer."

Dabei drückt er das „P" in den Raum, als wolle er jemanden damit erlegen. Ein für alle Mal.

Wein-Christian dreht sich zu ihm, Shirin richtet sich auf und auch ich hefte meinen Blick an den Rückspiegel, in dem sich Thorstens Seitenscheitel nickend auf und ab bewegt.

„Ja, ist ne ganz interessante Sache", sagt er, jetzt übertrieben lässig betont.

„Wie jetzt?", näselt sein Beifahrer.

„Na ja", sagt Thorsten, „ich verkaufe eben Pillen. Medikamente."

Nachdem niemand etwas erwidert, tippt sich Thorsten gegen sein randloses Brillengestell.

„Im Grunde bin ich Handelsvertreter für pharmazeutische Produkte."

Thorsten setzt den Blinker, und wir fahren auf die linke Spur der Autobahn.

„Genau genommen für die pharmazeutischen Produkte *eines* Pharmakonzerns. Eines sehr großen."

Möglich, dass jetzt die Wirkung der Baldrianwurzeln einsetzt. Meine Augenlider streichen über meine Pupillen, auf die sich ein trüber Schleier gelegt hat. Neben mir nehme ich meine Sitznachbarin wahr, wie sie ihre Arme vor der Brust verschränkt und sagt:

„Dann machen wir also eine Dienstfahrt hier!"

„Ich kann euch sagen, das ist echt spannend. Mit welchen Leuten man es da zu tun bekommt…"

Thorsten schüttelt seinen Kopf.

„Ich hab grad ne Klapse besucht."

Er legt seine rechte Hand auf den Mund, nimmt sie dann wieder weg und grinst in das Wageninnere hinein.

„Entschuldigung, ich weiß schon, ist nicht politisch korrekt. Wir können sagen ,Eine Institution für psychisch Benachteiligte'."

Er stößt ein lautes „Bah" hervor.

„Ist doch alles Scheiße. Im Grunde hat doch niemand Interesse daran, dass diese Leute außen durch die Gegend laufen."

Bei seiner Formulierung „Interesse" nimmt er beide Hände vom Lenkrad und zeichnet Anführungszeichen in die Luft.

„Ich hab eine ganze Kiste voller Medikamente im Kofferraum. Falls jemand mal ne Pille will, kann er es ruhig sagen. Ihr könnt diesen Schizo-Scheiß ruhig schlucken. Ändert sowieso nichts. Das meiste davon ist Placebo."

Durch das Seitenfenster sehe ich, wie die Sonne langsam hinter der Krümmung des Erdballs verschwindet. Thorstens Worte schießen kleine Löcher durch die Nebelwände in meinem Kopf.

„Wie jetzt?", näselt Wein-Christian.

„So, wie ich es eben sage. Diese ganzen Medikamente, diese ganze Flut von Pillen haben letztlich keine wirkliche Wirkung. Das einzige, was man machen kann, ist ruhigstellen. Da hab ich einen ganzen Eimer voll, der auch hilft. Alles andere ist Augenwischerei."

Thorsten legt seinen rechten Arm auf den Fenstervorsprung der Seitentür. Der Druck in meiner Blase nimmt unangenehme Ausmaße an.

„Das ist alles Mist, kann ich euch sagen. Wenn ihr erstmal in so ner Klapse seid und sie euch nicht mehr kommen und gehen lassen, wie ihr das wollt, hat sich das mit euch. Das war's dann, Kollegen. Nur zugeben würde das niemand. Offiziell will man euch ja helfen, aber es kümmert sich keiner mehr um euch. Ihr seid keine geladenen Gäste mehr. Es interessiert sich niemand für euch. Außer mir."

Er legt sein breites Grinsen auf.

„Ja", sagt er. „Ich komme mit dem großen Koffer, gefüllt bis zum Rand, und meine Mittelchen bringen unbegründete Hoffnung. Und Geld."

Thorsten schüttelt seinen Kopf.

„Ich bin der Alibi-Onkel, der den Zaster schafft."

Shirin legt ihren Oberkörper nach vorne.

„Das ist…". Sie zieht ihre Schultern hoch. „Ich weiß auch nicht."

„Geschäft", sagt Thorsten. „Das ist Geschäft."

Auf der rechten Seite rast ein Straßenschild an uns vorbei, das auf eine Raststätte in wenigen Kilometern hinweist. Ich spüre einen Luftzug in meinem Nacken und zucke schreckhaft zusammen, was die Aufmerksamkeit aller anderen Wageninsassen auf mich zieht. Thorsten schaut durch den Rückspiegel genau in mein Gesicht. Ich erwidere mit aufgerissenen Augen seinen Blick.

„Und? Du so?", fragt er.

Ich atme ein „Was?" aus, und der Nebel vor meinen Augen ist plötzlich wie weggefegt.

„Was machst du so?", setzt er nach.

Ich drehe meinen Kopf in die Runde, öffne meine Handflächen und sage, dass mir das etwas leidtue, ich aber dringend mal auf Toilette müsse, und dass gleich ein Rasthof komme und ich es super fände, wenn wir dort mal anhalten könnten.

Thorsten nickt und sagt, dass ohnehin öfter mal eine Pause eingelegt werden sollte. Und als das Sonnenlicht nur noch spärlich über die Hügel in der Ferne zu uns herüber kriecht, spüre ich den Schweiß in meinen Handflächen, und wir biegen von der rechten Spur in die Auffahrt des Rasthofes ein.

siebzehn

Ich vertraue der Hygiene der automatischen Klobrillenreinigung. Mit einem leichten Summen dreht sich die Brille einmal durch die Desinfektionshalterung, die an der Spülung angebracht ist. Meine Augen wechseln zwischen der rechten Seite der Apparatur, wo die Klobrille vollgepackt mit Bakterien von fremden Ärschen einfährt, und der linken Seite, auf der sie reinlich wie das Quellwasser eines Bergflusses, wieder austritt. Rein optisch lassen sich beide Seiten nicht voneinander unterscheiden.

Zwei weitere Rasthof-WC-Besucher nutzen die Pissoirs vor den Kabinen. Obwohl noch acht weitere Stehplätze frei gewesen wären, bin ich geradeaus zu einer der selbstreinigenden Toiletten gegangen, die hinter weißen Plastiktüren verborgen sind.

Ich lasse mich mit heruntergelassener Hose auf die Klobrille fallen. Ich atme tief ein. Betrachte meine Hände. Ihre Innenflächen sind schweißbedeckt. Mein Penis baumelt schlaff und leblos in der körperduftgetränkten Luft der Toilettenschüssel. Der Krampf in meinem Unterleib entlädt sich gleichzeitig mit meiner Blase und schenkt mir ein Gefühl innerer Zerrissenheit. Ein stechender Schmerz durchzuckt meinen Anus, und ich merke, wie eine Flüssigkeit über die Innenseite meiner rechten Pobacke rinnt. Vorsichtig tupfe ich mit dem Toilettenpapier aus dem großen Spender neben mir das Blut von meinem Hintern, betrachte es kurz und spüle es dann in den großen Schlund des Rasthofs hinunter.

Der Slogan des Aufklebers geht mir durch den Kopf. Mit seinen fetten vor Selbstgewissheit strotzenden Buchstaben füllt er den Raum meiner Klokabine. Ich sitze mit runtergelassenen Hosen auf einer selbstreinigenden Klobrille und kann nichts dagegen tun.

Als ich die Tür des BMWs hinter mir zufallen ließ und mit hektischen Schritten über den Autohofparkplatz Richtung Shopping-und-WC-Haus ging, stach mir die grelle Farbe des Aufklebers, der auf dem Heck eines weißen Kleinbusses klebte, direkt in die Augäpfel. Mit fast neongrüner Farbe glänzten mir die Worte

„Gott ist unter uns und begleitet uns auf unseren Wegen"

entgegen. In einer spontanen Reaktion drehte ich mich nach hinten um, sah auf dem Parkplatz aber außer Thorsten, der neben seinem BMW stand und mir hinterherblickte, keine Seele. Und dann erinnerte ich mich wieder, und ein Schmerz schoss in meinen

Unterleib und gab mir zu verstehen, dass sich mein Toilettengang lohnen würde.

Jetzt sitze ich in der Klokabine eines Autohofs mitten im Nichts, unfähig mich zu rühren, und diese Buchstaben so groß wie Handelszentren versperren mir den Weg. Es sind nicht die Worte des Aufklebers, die mich lähmen, es sind die Worte, die sie ausgelöst haben, die mich erstarren lassen. Aus großer Entfernung bohrt sich die Stimme meines Vaters in mein Bewusstsein zurück, die ausspricht, was in der Luft vor mir geschrieben steht:

„Siehst du einen Mann rüstig in seinem Beruf, so soll er vor Königen stehen."

Und dieser lächerliche alte Bibelspruch, den mein Vater, obwohl er weder gläubig noch ein Kirchgänger gewesen ist, jedes Mal zitierte, wenn er nach mehreren Stunden Überschicht mit seiner alten ledernen Aktentasche nach Hause kam, lässt mich nun unbeweglich auf der Klobrille verharren. Erst als ich mich zwinge, erneut die Spülung zu betätigen, um die letzten Reste meiner Ausscheidungen in den ewigen Abgrund zu schicken, erwache ich aus meiner Trance und stoße einen gewalttätigen Laut hervor, der die Buchstabenwand vor mir zum Einsturz bringt. In dem Moment, in dem ich aufstehe, beginnt sich die Klobrille, begleitet von einem leisen Summgeräusch, durch die kleine Hygienestation zu drehen, und in einem sekundenkurzen Augenblick überlege ich, wie es wäre, wenn es solche Stationen auch für Menschen gäbe. Ein klinisch reiner Neuanfang mit allem, was dazugehört.

Ich lasse lauwarmes Wasser über meine Hände laufen, mit denen ich mir anschließend durchs Gesicht fahre und nehme dann gleich drei dieser Recyclingpapierhandtücher aus dem Spender neben mir. Unweigerlich fällt mein Blick auf den Kondomautomaten gegenüber. ‚Condomat‘ steht dort, unterlegt von einem zweifarbigen Regenbogen. Wie bei einem veralteten Zigarettenautomaten kleben kleine Verpackungsbildchen über der jeweiligen aufzuziehenden Schublade. Gleich neben den perlgenoppten Lustringen, der Color-Spezialpackung und den handelsüblichen Billy Boys entdecke ich die Aufschrift ‚Travel Pussy‘. Und ich kann nicht anders, als näher heranzutreten. Unter der rotfarbenleuchtenden Schrift ist eine vollbusige Brünette mit engem Top und knappem Slip abgebildet. ‚Die künstliche Vagina – The Artificial Vagina‘ ist der erklärende Untertitel der Travel Pussy.

„Vagina“, sage ich auf Englisch.

„Vagina“, wiederhole ich noch einmal leise.

Von hinten höre ich die Spülung eines Pissoirs und drehe mich hektisch der großen Spiegelwand über den Waschbecken entgegen. Ein circa 1,90 großer blondierter Wandschrank mit Cowboystiefeln schiebt sich zwei Waschbecken von mir entfernt vor den Spiegel. Ich richte meinen Hemdkragen auf und zupfe an meinem Jackett herum. ‚Ich könnte glatt als mein eigener Doppelgänger durchgehen', denke ich. Der Typ neben mir trocknet sich seine Hände ab, geht schnaubend an mir vorbei und verlässt das WC, scheinbar ohne mich überhaupt wahrgenommen zu haben. Einige Sekunden verharre ich vor dem Spiegel und versuche nicht zu atmen, um jedes Geräusch in meiner näheren Umgebung zuordnen zu können. Dann ergreife ich die Chance. Aus meiner Tasche hole ich eine Zwei-Euro-Münze und zwei Ein-Euro-Münzen heraus. Ich blicke mich noch einmal in dem WC-Raum um, bemerke aber keine weitere Person, so dass ich mit einer schnellen Bewegung die Münzen in den dafür vorgesehen Schlitz des Condomaten werfe. Mit einer ruckartigen Bewegung ziehe ich die Metallschublade auf und greife mir die buntbedruckte Pappschachtel mit der leicht bekleideten Brünetten. Ich werfe noch einen kurzen Blick auf die Verpackung meines Neuerwerbs und stecke sie dann in die Innentasche meines Jacketts.

Zwischen den schulterhohen Regalen im grell erleuchteten Shopping-Vorraum steht Shirin und grinst mich an, als ich den Verkaufsraum betrete, durch den ich muss, um auf den Parkplatz zu gelangen. Ich nicke ihr entgegen, und sie widmet ihre Aufmerksamkeit wieder den Produkten vor sich.

Langsam schlendere ich durch die Regalreihen mit den Salzstangen, Chipstüten, Erdnussdosen, Gebäckmischungen, Fünf-Minuten-Gerichten, italienischen Rosinenkuchen, Minidonuts und Löffelbiscuits. Gerade als ich den Gang verlassen und in die auf dem gelben Fußboden aufgemalte leicht geschwungene Spur Richtung Ausgang einbiegen will, kommt Shirin aus dem Parallelgang auf mich zu und bleibt vor mir stehen. Ich grinse sie an, aber sie schüttelt ihren Kopf und schaut in den Raum.

„Wahnsinn", sagt sie.

Ich habe keine Ahnung, was sie meint, werfe einen Blick in die Richtung, in die sie schaut, bemerke aber nichts, ziehe meine Augenbrauen hoch und nicke.

„Auf allen Rasthöfen gibt's die gleichen Artikel", sagt sie. „Sogar die Einrichtungen sehen alle ziemlich gleich aus. Und ich glaube, die Arbeitskleidung ist auch die gleiche."

Ich setze mein Nicken einfach fort.

„Früher gab's da doch mehr Unterschiede, oder?"

Sie sieht mich an.

„Kann sein", sage ich.

„Ja, doch", setze ich nach, „stimmt schon."

Sie grinst, deutet dann in Richtung der Verkaufstresen.

„Hast du dich eigentlich schon mal gefragt, wo das ganze Personal herkommt?", sagt sie.

„Wieso? Wo soll es denn herkommen?"

„Na, ich meine, wir sind hier mitten an der Autobahn. Es gibt nur einen Weg, um auf diesen Rasthof zu kommen. Nämlich über die Autobahn. Und es geht nur in einer Richtung wieder raus."

„Nur in einer Richtung. Ziemlich unpraktisch."

Sie schaut mir ins Gesicht, erwidert aber nichts.

Gerade als ich etwas sagen will, klingelt das Mobiltelefon in meiner Hosentasche. Auf dem Display sehe ich Olafs Namen. Ich zucke mit den Schultern. Shirin nickt.

Mit dem klingelnden Telefon in der Hand gehe ich Richtung Ausgang und bleibe dann in dem kleinen Windflur, dem Zwischenraum von äußerer und innerer Eingangstür, stehen. Der Mülleimer mit dem Schwingdeckel, die grobmaschige Gummimatte und ich sind umgeben von Glasscheiben.

„Hey Olaf", sage ich.

„Na? Alles paletti?"

„Bin auf einem Rasthof. Haben noch ein paar Stunden Fahrt vor uns."

„Ach so, ja."

„Mmhh."

Nach einer kurzen Zeit, in der wir beide nichts sagen und ich ungeduldig auf den Parkplatz schaue, höre ich ein Räuspern auf der anderen Seite.

„Ja?", frage ich.

„Du, ich wollte mal was fragen. Wollte ich eigentlich schon gemacht haben. Also vor deiner Abfahrt, meine ich."

„Aha."

„Ja, also wär echt cool, wenn du mir mal einen Tipp geben könntest. Oder einfach mal so sagen, was Sache ist."

Ich überlege kurz, wann mich Olaf das letzte Mal um einen Rat gebeten hat, und komme zu dem Schluss, dass dies hier definitiv Premiere sein muss.

Weil ich nichts erwidere, fragt Olaf: „Ist das okay für dich?"

„Vollkommen okay", sage ich. Ich stoße mit den Fingerspitzen meiner linken Hand den Schwingdeckel des Abfallbehälters leicht an.

„Sag mal, wann bist du eigentlich wieder Back In Town?"

„Weiß noch nicht. Warum?"

„Ach nee, ja, nur so."

„Okay. Wolltest du jetzt noch was wissen?"

„Mmhh", sagt Olaf. „Na ja, ich wollte halt ganz gern mal wissen, wie das so läuft?"

„Ich sag ja, wir sind noch auf der Autobahn."

„Ja, nee, das weiß ich schon. Ich meinte, wie das bei *dir* so läuft?"

„Bei mir?"

Wieder stoße ich den Schwingdeckel an, der jetzt einen Spaltbreit auffliegt. Ein beißender Geruch lässt mich einen Schritt zurückweichen.

„Na ja, ich meine, du kommst ja ganz gut klar. Sieht total souverän aus, wie du das so machst."

Als ich nichts sage, höre ich ein dezentes Räuspern. Dann fährt er fort:

„Ja, und doch auch zufrieden."

Jetzt dämmert mir, was er meint, und ich spüre einen Krampf in meiner Beinmuskulatur.

„Hey Olaf", rufe ich ins Telefon, „tut mir echt leid. Sieht so aus, als würde es weitergehen. Oha, die warten schon auf mich. Nicht, dass die noch ohne mich losfahren." Dann lege ich auf.

Die Sonne hat sich nun endgültig sonstwohin verzogen. Mir fällt auf, dass Autobahnen immer mitten durchs Nichts zu laufen scheinen. Abgesehen von den Scheinwerfern der Autos, die den Rasthof anfahren, kann ich keine entfernteren Lichtquellen erkennen. Keine Straßenlampen, keine Bürotürme, nur Dunkelheit. Die Vorstellung des Rasthofs als eine erleuchtete Insel gefällt mir. Ich sehe mich um, ob es hier so etwas wie Hotels gibt, an der Autobahn nennt man das dann wohl eher Motels. Abgesehen von dem Shopping-WC-Center und der Tankstelle, die sich auf der gegenüberliegenden Seite des Rasthofs in einen dunklen Blauton hüllt, kann ich keine weiteren Gebäude erkennen.

Der Kleinbus mit seinem gottesfürchtigen Aufkleber ist bereits weitergefahren. Shirin ist noch immer in der Einkaufshalle, so dass ich mich nur mit langsamen Schritten dem BMW entgegen bewege. Ich habe es nicht eilig, so viel steht fest. Aus der schummrigen Dunkelheit vor mir taucht plötzlich Thorsten auf. Er hat eine Dose Red Bull in der Hand und riecht nach süßlichem Kinderkaugummi.

„Keine Angst, ich bin eigentlich gar nicht müde", sagt er.

„Mmhh"

„Das hat sich bei längeren Fahrten – und die mach ich bei meinem Job öfter – einfach nur so eingespielt, dass ich auf Raststätten einen Energy-Drink zu mir nehme. Reine Gewohnheit."

Mein verständnisvolles Nicken fasst Thorsten als Gesprächsanreiz auf.

„Oft trinke ich auch einfach mal nen Kaffee."

Thorsten tippt sich an die Brille, ich schaue in irgendein dunkles Eck zwischen den vielen parkenden Autos.

„Aber der Kaffee auf Raststätten ist so ne Sache."

Er schneidet eine Grimasse.

„Ungenießbar!"

Ich nicke wieder und möchte gerade, um nicht unhöflich zu wirken, entgegnen, dass es ja auch diesen Dosenkaffee im Kühlfach eines jeden Rasthofs gibt, als Thorsten das Thema wechselt.

„Aber sag mal", sagt er, „bisher hast du ja noch nicht sooo viel von dir erzählt. Was machst du eigentlich so?"

„Du meinst beruflich?", versuche ich das Unvermeidbare hinauszuzögern.

„Mmhh, ja. Also nur, wenn es dir nichts ausmacht."

Thorsten legt ein breites Grinsen auf.

„Mir was ausmachen! Ha! Tsstss, nee."

Ich kratze mich am Kopf, drehe mich kurz in Richtung des Shopping-und-WC-Centers und mache weiter entfernt eine Bewegung in der Dunkelheit aus.

„Geld verdienen", pruste ich aus. „Von Berufswegen Geld verdienen."

Ich stoße ein lautes ‚Haha' hervor und habe gleichzeitig Bedenken, dass meine Lache allzu krankhaft aufgefasst werden könnte. Aber Thorsten nickt und grinst, als hätte er den besten Witz der vergangenen 20 Jahre gehört.

„Ja, das ist gut. Das ist wirklich gut."

Und noch im freudigen Zustimmen schleicht sich irgendetwas Ernstes in seinen Gesichtsausdruck, was in mir urplötzlich den Gedanken hervorruft, er könne durch meine Beschreibung ‚Geld verdienen' denken, dass ich in illegalen Geschäften wie möglicherweise der Zuhälterei tätig bin. Und dann fällt mir ein, dass man wohl von der Pole Position den besten Ausblick hat und gehe in die Offensive.

„Na ja, ich mach halt so Medienzeug", sage ich und denke ernsthaft, dass das alles erklärt.

„Hab ich mir schon gedacht", sagt Thorsten. Er nickt und dreht sich in Richtung seines Wagens, als aus dem Hintergrund eine nasale Stimme zwischen uns fährt.

„Was machst du denn genau? Medien ist ja viel."

Thorsten und ich drehen uns zu Christian um, der mit einem halbgegessenen Eis-am-Stil mit Schokoüberzug vor uns steht.

„PR", schießt es aus mir wie eine Allzweckwaffe heraus. Meine Muskulatur befindet sich in einer Schockstarre.

„Nee, oder?"

Christian lässt sein Stil-Eis sinken. Ich ziehe die Schultern hoch.

„Klar", sage ich und merke, dass sogar meine Wangen beginnen steif zu werden.

Christian betrachtet das Eis, beißt dann in den Schokoüberzug und schüttelt seinen Kopf. Gerade als ich denke, dass das nun alles ist, fährt er fort, dass er ja nichts gegen mich persönlich habe und das ja auch nicht haben könne, da wir uns ja kaum kennen würden, auch wisse er, dass es verschiedene Bereiche und Herangehensweisen und sonstiges von allem gäbe, dennoch wolle er uns nicht verschweigen, dass er in der vergangenen Woche innerhalb seiner Weinstudien ein Seminar zum Thema Marketing gehabt habe, in dem es um PR, also um Public Relations, gegangen sei und dass ihn dieses Seminar durchaus mit einem üblen Nachgeschmack zurückgelassen habe. So sei Public Relations nur ein ge-schönter Begriff für Propaganda. Auch Edward Ber-nays, einer der Erfinder der PR, habe die PR Propa-ganda genannt. Zudem sei er ein Neffe Sigmund Freuds gewesen und habe sich besonders für die massenpsychologischen Phänomene interessiert. Diese habe er für seine Aktivitäten genutzt und als wissenschaftliche Herstellung von Konsens bezeich-net. In der ersten Hälfte des 20. Jahrhunderts habe er ordentlich Karriere gemacht, indem er für die großen US-amerikanischen Unternehmen jener Zeit zu Felde zog. Unter anderem sei besonders kurios, dass er, wenn man es etwas zuspitze, verantwortlich für das amerikanische Bacon-Frühstück sei, denn vor Ber-nays PR-Kampagne sei es durchaus nicht selbstver-ständlich gewesen, zum Frühstück Schinken zu es-sen. Ganz und gar nicht. Außerdem habe er für die Tabakindustrie gearbeitet. So sei er ausschlaggebend für die Qualmerei in den frühen Hollywoodfilmen. Und ohne dies jetzt allzu umfangreich ausführen zu wollen, möchte er doch noch kurz erwähnen, dass auch Woodrow Wilson ein Propagandakomitee ge-gründet habe, um den US-Amerikanern, den Eintritt in den Ersten Weltkrieg schmackhaft zu machen. Und in diesem Komitee habe eben jener gefeierte Erfinder der PR gesessen.

„Alles klar bei euch?", fragt Shirin, die aus dem Dunkel auf uns zukommt.

„Kann gleich weitergehen", sagt Thorsten und nickt in Richtung von Christians Stileis.

Und nachdem Christian sein Eis zu Ende gegessen hat, nehmen wir die uns angestammten Plätze ein und verlassen den Rasthof.

achtzehn

Ich stehe vor meinem Kellerfenster und beobachte durch die wenigen klaren Stellen des Glases wie hunderte Wassertropfen am Boden zerschlagen und sich in tausende von Einzelteilen auflösen. Seit Tagen regnet es schon, seit Tagen spült der Regen den Dreck der Straße schubweise gegen meine Scheibe. Der Kamillentee in meiner Hand ist mittlerweile kalt. Aus dem hinteren Raumbereich höre ich wie das bellende Telefon nach mir schreit. Aber ich rühre mich nicht. Keine Bewegung. Ich weiß, wer am anderen Ende der Telefonleitung ist, ich kenne den Grund des Anrufs. Ein Test. Bin ich zuhause? Gestern noch war ich es nicht, gestern war ich dort, wo ich auch heute hätte sein sollen. Nach dieser Tasse Tee gehe ich, hatte ich gesagt. Meine Schuhe bereits angezogen, die Jacke über den Stuhl im Eingangsbereich gehängt. Ich bin noch neu in dieser Stadt, das Studium erst begonnen. Und an diesem Wochenende in einem Workshop, der nichts mit der Universität zu tun hat.

An der Decke ein Gewebe aus Glühbirnen. Schwarze Leitungen und Schnüre spannen sich wie ein Spinnennetz über unsere Köpfe. Es müssen knapp fünfzig Birnen sein, die den Raum erhellen. Unter uns ein dunkles Fischgrätenmuster, abgenutztes Parkett, verkratzter Holzlack. Seitlich der großen Fenster hängen beigefarbene Vorhänge, die nicht aussehen, als könne man sie tatsächlich bewegen. Sie hängen einfach nur schwer herab und verdunkeln den Raum schon allein durch ihre Anwesenheit. Wir sitzen auf Schulstühlen aus Ovalrohr. Sitz und Rückenlehne bestehen aus irgendeinem anthrazit-grauen Kunststoff. Neben mir sitzen Frauen mit Schlangenlederschuhen und Pumps, Kostümen und Kleidern, Männer mit blauen Hemden, gestreiften Krawatten und dunklen Dreiteilern. Die Atmosphäre des Raums gleicht einer Mischung aus Gemeindehalle und Messeaufbau. Vor uns steht ein DIN A1 großes Clipboard auf Stelzen. Mit schwarzem Stift hat jemand eine Gleichung darauf geschrieben:

„Die Formel zur Berechnung der Körperoberfläche eines Menschen lautet: KOF = 0,007184 x Größe(cm)^0,725 x Gewicht(kg)^0,425"

Einige Teilnehmer schreiben sie in ihren mitgebrachten Notizblock, andere verbeißen sich mit ihrem Blick in die Formel. Durch die offene sepiabraune Schwungtür tritt unser Trainer ein. Er trägt Jeans und ein schwarzes Jackett, darunter ein weißes Hemd. Die ersten beiden Knöpfe sind geöffnet, keine Krawatte. Sein dunkles Haar ist zurückgekämmt. Er grüßt in die Runde, mustert kurz jeden von uns einzeln, faltet die Hände vor seiner Brust und deutet anschließend mit einer ausladenden Geste auf das Clipboard.

„Eine interessante Formel, finden Sie nicht auch?"

Vereinzelt zustimmendes Nicken von denen, die sich die Formel bereits notiert hatten.

Mit einer dynamischen Handbewegung reißt er die erste Folie von dem Clipboard.

„Was sagt sie uns? Wir können unsere Körperoberfläche mathematisch exakt berechnen. Aber wissen wir deshalb, welche Potenziale in uns stecken?"

Er holt einen schwarzen Marker aus seiner Hosentasche und schreibt auf die leere Folie des Clipboards den Titel unseres Seminars:

„Erfolg entsteht im Kopf – in jedem steckt ein Gewinner"

„Es geht nicht um die Oberfläche, es geht um das, was in uns schlummert, um die Nutzung individueller Ressourcen", sagt er.

„Eine andere Leistung ist möglich, eine Leistung, die Sie sich bislang noch nicht trauten vorzustellen", sagt er.

„Zwischen Ihrem Ist-Zustand und dem Erfolg befinden sich Barrieren, die Sie überwinden können", sagt er.

Zwölf Augenpaare verfolgen seine ausladenden Handgesten, seine schwebenden Bewegungen auf dem Fischgrätenmuster, seine entschlossenen Lippenregungen, die Worte wie Pfeile verteilen und in unsere exklusive Runde schießen.

Wir tragen angesteckte Namenschilder und stellen uns dennoch vor.

Da ist Manuel, 42, Immobilienmakler, dessen Umsatz trotz steigender Immobilienpreise rückläufig ist.

Da ist Jürgen, 39, der gemeinsam mit seinem Kollegen, Christian, 38, gekommen ist, kurz vor der Beförderung steht und diesen Workshop von seinem Pharmaunternehmen erhielt.

Da ist Dorothea, 31, Kieferorthopädin, die sich selbstständig machen möchte.

Da ist Jens-Peter, 48, Versicherungskaufmann, der immer Interesse an Optimierung hat.

Da ist Anika, 34, Juristin, die an diesem Wochenende eigentlich hätte arbeiten müssen, sich hierfür aber zwei Urlaubstage genommen hat.

Da ist Thea, 46, PR-Beraterin, die positives Denken an ihre Kunden weitergeben, ja, vielleicht sogar individuelle Trainings anbieten möchte.

Da ist Herbert, 51, Steuerberater, der nach neuen Zielen sucht.

Da ist Susanne, 41, Marketingreferentin, die nach schwerer Krankheit in der Familie mit viel Energie wieder durchstarten will.

Da ist Konrad, 47, Consulting-Experte, der weiß, dass noch etwas Großes vor ihm liegt.

Da ist David, 29, Programmierer, der sich im Umgang mit anderen Personen mehr Souveränität wünscht.

Und da bin ich. Der Workshop ein Weihnachtsgeschenk meines Vaters.

Unser Coach schreibt auf die Folie des Clipboards:

„Churchill: Erfolg heißt, einmal mehr aufzustehen als hinzufallen"

Wir seien zu Hühnern erzogen, sagt er, die meisten ver-
hielten sich, als seien sie damit zufrieden, jeden Tag ein Ei
zu legen, ein bisschen Gegacker hier, ein bisschen Gega-
cker da. Wir könnten aber mehr als das, wir könnten alles
schaffen, wenn wir es nur wollten. Dann seien wir Adler.
Jeder könne ein Adler sein.

neunzehn

Nach dreißig heiteren Schweigeminuten auf der Autobahn schaltet Thorsten das Radio an. Wir hören die besten Hits der 80er, 90er und von heute. Verschwommene Lichter rennen uns auf der Gegenfahrbahn entgegen. Gewaltige Massen an Blech und Gummi drücken sich durch die Dunkelheit.

„And Now I Know What They're Saying As Our Sun Begins To Fade"

Das Ziel unserer Fahrt kommt mir wieder in den Sinn und ich greife nach einer Dose Bier aus der Laptop-Tasche, die ich hochkant rechts neben mir platziert habe.

„We Made Our Love on Wasteland"

Shirin sieht zu mir herüber. Ich grinse sie an, schaue dann auf die Dose in meiner Hand und reiche sie ihr. Zu meiner Überraschung nimmt sie die Dose und nickt mich an.

„And Through The Barricades"

Ich greife nach der zweiten Dose, ziehe sie heraus und zeige sie Shirin. Sie lächelt und öffnet ihre Bierdose. Ich tue es ihr gleich. Mit einem beißenden Zischen ergießt sich ein weißer Schwall aus Schaum auf die Rückseite des Fahrersitzes, was bei Shirin ein helles Glucksen auslöst.

„Father Made My History"

Ich spüre Hitze in meine Wangen strömen, was darauf hindeutet, dass sich die Farbe meines Gesichts einer Feuerquallenart angleicht.

Im Rückspiegel spüre ich den fragenden Blick Thorstens, den ich mit einem Achselzucken erwidere und ein überaus freundliches Grinsen auflege.

„Alles bestens", sagt Shirin in den Vorderraum.

Wein-Christian schaut mich schräg vom Beifahrersitz aus an und zieht seine Augenbrauen in die Höhe.

„Wir gönnen uns mal ein Bier", sagt Shirin. „Hat nur ein bisschen gezischt."

„Ist doch okay für dich, oder?"

Thorsten spitzt seine Lippen, tippt an sein Brillengestell und sagt dann betont lässig:

„Klar. Kein Problem."

Ich deute Shirin gegenüber ein ‚Prost' an und nehme einen Schluck aus der Dose. Mit meinem rechten Bein mache ich ganz vorsichtig leichte Auf- und Abbewegungen entlang der Rückseite des Fahrersitzes, so dass sich mein Hosenbein mit dem Bierschaum des Sitzbezugs vollsaugt. Jetzt spüre ich die Nässe an meinem Schienbein, bleibe aber, unbeeindruckt davon, mit der Hose an den Sitzbezug gewandt, reglos zwischen Laptop-Tasche und Seitentür sitzen. Ich schaue aus dem Fenster, kann jedoch nichts außer den Konturen meines eigenen Spiegelbildes erkennen. Draußen wird die schwere Dunkelheit nur von den grellen Augen der Blechschlange, die uns entgegen stürmt, durchbrochen. Und da im Hintergrund der Spiegelung sehe ich nun auch die Konturen von Shirin, wie sie ihre Bierdose zum Mund führt. Ich sehe die Konturen meines Jacketts und der Dose in meiner Hand, und das Wort „Könige" pocht in meinem Kopf.

Der fade Geschmack und die lauwarme Temperatur meines Dosenbiers und meiner Erinnerung werden von einem schrillen Radio-Jingle, das mich ins Wageninnere zurückkatapultiert, vergessen gemacht. Eine sonore Männerstimme kündigt unter Sirenengeheul die Wissens-Polizei an.

Thorsten rückt sich in seinem Fahrersitz grade und stellt das Radio lauter.

„Ja, meine Lieben, wollen wir doch mal sehen, ob sich unsere Mitmenschen mit Lyrik auskennen", quakt eine junge Frau.

Die Hintergrundgeräusche lassen auf eine belebte Fußgängerzone schließen.

„Weißt du, wer Friedrich Schiller ist?"

„Ein ehemaliger Bundeskanzler oder ein Präsident. Mmh, ja eins von beiden. Welche Partei, weiß ich jetzt so spontan aber auch nicht", antwortet eine männliche Stimme.

Schnitt. Nächste Stimme: „Ja, ich glaub, der hat mal ein Buch geschrieben. So ne Abenteuergeschichte."

Dann wieder die quakende Frauenstimme: „Wie geht es weiter? Wer reitet so spät durch Nacht und Wind…"

„äh … der Pferd, der kommt nicht nach Hause." Im Hintergrund Mädchengelächter.

Schnitt. Pubertierende Jungenstimme: „…er ist ganz geschwind."

Wein-Christian fixiert mit seinem Blick das Radiogerät und grinst hämisch.

Wieder die junge Fragestimme: „Okay, dann eine Frage zum Sport: Hast du schon mal an einem Lebenslauf teilgenommen?"

„Wie? Nö!", sagt eine überraschte Mädchenstimme.

„Zum Sport, das ist gut", sagt Thorsten und schlägt sich mit der Hand auf den Oberschenkel. Ich nehme einen weiteren Schluck aus der Dose.

„Warum hast du denn noch nie an einem Lebenslauf teilgenommen?", möchte die Radiofrau jetzt wissen.

„Na ja, weiß nicht, ist mir, glaube ich, zu anstrengend", antwortet eine andere Stimme als diejenige zuvor.

„Mann, mach mal Platz", blökt Thorsten, während wir uns mit hoher Geschwindigkeit roten Rücklichtern nähern.

„Na gut, dann schauen wir, wie es um das Wissen rund um Berufsbezeichnungen steht."

Thorsten blendet mehrmals hektisch auf und verlangsamt die Fahrt.

„Was ist ein Pharmazeut?", fragt die Frauenstimme.

Die roten Rücklichter wechseln ruckartig auf die rechte Spur.

„Essen? Hat das was mit Essen zu tun?"

„Na also", murmelt Thorsten und beschleunigt wieder.

Andere Stimme: „Der arbeitet in ner Farm. Schweine, Kühe, Hühner und so."

„Mit Pillen macht mir keiner was vor", sagt Thorsten

Christian schüttelt seinen Kopf und sagt: „Nee, nee, nee."

Aus dem Radio quakt wieder die junge Frauenstimme: „Versuchen wir es mit einem anderen Beruf."

„Was ist ein Volkswirt?"

„Bitte?", erwidert eine ältere Frauenstimme.

„Ein Volkswirt. Was ist ein Volkswirt?"

„Nun", sagt die Stimme, „ich denke, ein Kellner in einem Lokal für das Volk oder so etwas in der Art."

Schnitt. Junge männliche Stimme: „Ein Volkswirt macht ne Kneipe."

Jüngere Frauenstimme: „Der kümmert sich ums Volk … indem er Volkslieder singt."

„Höhö", lacht Thorsten.

Die sonore männliche Radiostimme bittet uns, auch beim nächsten Mal wieder einzuschalten, wenn die Wissens-Polizei unterwegs ist.

„Mann, sind die dämlich", sagt Thorsten, tippt an sein Brillengestell und stellt das Radio wieder leiser. Wein-Christian stimmt ihm nickend zu.

„Zumindest ein paar grundlegende Dinge sollte man doch wissen", fährt Thorsten fort, „aber im Grunde wundert mich heutzutage gar nichts mehr. Ist ja kein Wunder, dass es mit der Wirtschaft nicht so richtig vorangeht."

Ich nehme einen Schluck aus der Dose, sehe in das Schwarz in meinem Seitenfenster und habe keine Ahnung, warum ich das sage.

„Vielleicht sind das alles Kommunisten", sage ich. „Die wollen einfach nichts lernen."

Thorsten sieht mich durch den Rückspiegel an. Ich ziehe die Augenbrauen hoch. Er schüttelt seinen Kopf, schaltet das Radio aus und hebt den Zeigefinger.

Shirin dreht ihren Kopf in meine Richtung und mustert mich wortlos und lächelt.

„Nein", sagt Thorsten mit Nachdruck, „mit Kommunismus direkt hat das überhaupt nichts zu tun.

Aber die Einstellung ist die gleiche. Da hast du schon Recht."

Dass ich ein „Ach" erwidere geht vollkommen in dem Wortschwall unter, den Thorsten nun, ausgelöst von was auch immer, von sich gibt.

„Die sind doch alle einfach ungebildet. Die haben überhaupt keine Lust, sich für höhere Ziele einzusetzen. Die sind total antriebslos. Und das Schlimmste ist, die können sich das auch noch erlauben. Wer bezahlt das denn bitteschön alles?"

Thorsten schüttelt seinen Kopf, schaut aus dem Seitenfenster und stößt schließlich ein „Ha" hervor.

„Wir natürlich! Die leben auf unsere Kosten. Da müsste man mal einen Schlussstrich ziehen. Logisch, dass die niemand einstellen will."

Einzelne Haare von Thorstens Seitenscheitel haben sich gelöst und hängen über seiner Stirn.

„Dumm wie Brot!"

Er schnauft, hebt seinen Zeigefinger.

„Ja, der Kommunismus…"

Thorsten schüttelt wieder seinen Kopf.

In einer etwas leiseren Tonlage schiebt Thorsten einen historischen Einfall hinterher: „Der ist ja außerdem nicht grundlos zusammengebrochen."

Dann nehmen seine Ausführungen wieder an Fahrt auf.

„Alle sollen gleich sein, alle sollen das Gleiche haben, das Gleiche verdienen, gleich wohnen, sich gegenseitig auf gleicher Augenhöhe begegnen. Friede,

Freude, Eierkuchen. Das ist einfach Quark. Ist doch klar."

Niemand entgegnet etwas. Das Bier schmeckt mittlerweile noch schaler.

„Wo soll denn da die Motivation herkommen? Wo ist denn da der Antrieb, etwas erreichen zu wollen? Und was will man denn erreichen, wenn es überhaupt keine großen Aufstiegsmöglichkeiten gibt? Ich für meinen Fall habe immer gesagt, das, was meine Eltern erreicht haben, muss das Minimum sein. Natürlich will ich höher auf der Leiter als sie geklettert sind. Das will doch wohl jeder. Aber wenn alle gleich sind? Der Anfangspunkt ist der Endpunkt. Nein, so sind die Menschen nicht."

Thorsten wechselt auf die rechte Spur. Vor uns befindet sich nur tiefe Dunkelheit.

„Wir wollen Leistung. Wir wollen Wettbewerb. Wir können gar nicht anders, als uns mit anderen zu messen. Schaut euch doch die ganzen Sportveranstaltungen an. Wie verbissen dort gekämpft wird. Für was denn? Für einen Pokal? Oder ne Medaille? Nein, im Grunde geht es nur darum, zu zeigen, dass man besser ist. Besser als die ganze Masse, die hinterherdackelt."

Die letzten Worte verschluckt Thorsten fast.

Für einen kurzen Moment herrscht Stille im Wageninnern.

„Ja", sagt Thorsten, „und Besitz benötigen wir. Wir wollen besitzen und unseren Besitz zeigen, damit alle wissen, dass wir es geschafft haben. So war es immer schon. Alles andere steht hinten an. Aber ganz weit."

Wir setzen auf die linke Spur über und überholen einen dunklen Schatten, der uns Scheinwerferaugen hinterherwirft.

„Aber ganz weit", wiederholt er. „Das ist die einfache Wahrheit, und die sollte man anerkennen. Nur dann kann man es auch zu Etwas bringen. Nicht immer gleich nach dem Staat schreien, wenn man ein kleines Wehwechen hat. Die Leute müssen kapieren, dass sie ihre Hemdsärmel hochkrempeln müssen. Eigeninitiative ist das Stichwort. Keine Gemeindeillusion, die einen trägt. Das funktioniert einfach nicht. Keine Chance."

Er schaut seinen Beifahrer an, der aber seinerseits keine Regung von sich gibt und aus dem Fenster schaut.

„Nie und nimmer!"

Während sich Thorsten im Rückspiegel die Haare aus der Stirn streicht, erreicht sein Mitteilungsbedürfnis einen erneuten Höhepunkt.

„Die Kernaufgaben des Staates", sagt er, „umfassen Justiz, Polizei und Armee. Alles andere ist nicht in Stein gemeißelt. Und alles andere ist verhandelbar. Da muss gar nichts. Anstatt irgendjemanden bevormunden zu wollen, muss der Staat eher darauf achten, dass die Leute an ihrer Entfaltung nicht gehindert werden. So sieht es doch aus."

Er legt seinen Kopf schief und trommelt auf das Lenkrad.

„Letztlich ist nur das Verdienst entscheidend. Ideale? Kann man in der Teenagerzeit haben, aber irgendwann muss dann auch mal die Vernunft einkehren. Dein Gewissen kannst du vor der Tür lassen. Das wird erst gar nicht reingelassen. So sieht es nun mal aus. Staat funktioniert einfach nicht ohne die, die den Karren ziehen. Und das sind eben die Leistungsträger. Das muss man akzeptieren. Diejenigen gilt es doch zu unterstützen, nicht diejenigen, die den anderen auf der Tasche liegen und uns unnötig belasten. Was geschieht denn mit meinen Abgaben? Mit dem Beitrag, den ich monatlich leisten muss? Ich zahle in ein System ein, in dem nichts mehr drin ist, wenn ich mal dran bin."

Er wirft einen Blick in die Runde.

„Das mag alles bittere Wahrheit sein, aber es ist wenigstens die Wahrheit."

Wieder schaut Thorsten seinen Beifahrer an. Der aber bleibt weiterhin reglos.

„Das ist doch im Grunde genommen nicht anders als bei der Weinlese."

Jetzt fährt Christian mit weit geöffneten Augen ruckartig herum.

„Ja", sagt Thorsten und nickt sich selbst zustimmend zu.

„Die guten Trauben, die mit dem vollen Aroma, die landen in einer ganz bestimmten Flasche. Aber nicht jede Traube kann schmackhaft sein."

Er führt ein imaginäres Glas zum Mund, atmet mit einem Zischgeräusch ein und gibt dann ein „Aah" von sich.

„Schlechte Trauben kommen in den Tetra Pak. So läuft das Spiel. Das ist die Natur."

Wein-Christian atmet ein, als wolle er etwas sagen, bleibt dann aber stumm. Ich nehme einen weiteren Schluck des viel zu warmen Biers.

„Was uns von den Trauben unterscheidet, ist, dass wir uns selbst als die wohlschmeckendsten anbieten können."

Thorsten tippt an sein Brillengestell.

„Wisst ihr, welche Nummer der erste Neckermann-Katalog hatte?"

Ich schüttele den Kopf, was Thorsten kaum wahrnehmen kann, da ich hinter ihm sitze.

„Nummer 119. Der erste Neckermann-Katalog erschien mit der Nummer 119."

Er beginnt ein leises Lachen.

„Die Nummer sollte eine lange Versandhaustradition vortäuschen. Und er war erfolgreich, wie wir wissen."

Thorsten hebt wieder seinen Zeigefinger.

„Genau so muss man es machen, wenn man im Leben erfolgreich sein will. Klotzen nicht kleckern, heißt die Devise."

Und dann an mich gewandt fügt er noch hinzu:

„Das musst du doch bestätigen können. Ich meine, du arbeitest ja im PR-Bereich."

Wieder sieht mich Shirin mit weit geöffneten Augen an. Ich lächle, schüttele den Kopf und zucke mit den Schultern.

Als vor uns in der Dunkelheit ein Straßenschild schlagartig auftaucht, das uns mitteilt, dass wir nur noch 95km von unserem Ziel entfernt sind, bittet Shirin um eine letzte Pinkelpause.

„Das Bier drückt."

Nach weiteren sechs oder sieben Kilometern nimmt Thorsten die Ausfahrt auf einen notdürftig beleuchteten Parkplatz, in dessen Mitte eines dieser Rotklinker-Toilettenhäuser mit silbernen Stahltüren steht. Auch ich nutze die Gelegenheit, den Wagen zu verlassen. Das im Scheinwerferlicht blau aufblitzende Verkehrsschild versetzte meiner Magengegend einen weiteren Stich, der sich aber glücklicherweise nicht in den Darmbereich vorarbeitete. Trotzdem ziehe ich es vor, die Abgeschiedenheit des Backsteinhauses aufzusuchen.

‚I was here' steht auf dem roten Stein neben der Toilettenschüssel.

‚Ich habe einen geilen Schwanz', direkt daneben.

Ammoniakgeruch kriecht durch meine Nasenhöhle in Richtung meines Gehirns. Das Plätschern des

Urins, der in die Alu-Schüssel unter mir fällt, verursacht ein hallendes Donnern. Ich studiere die Edding-Schriften an der Tür auf meiner linken Seite.

‚Highway Killer‘

‚Gut geblasen ist besser als gar nicht abspritzen‘

‚Pack deinen Pimmel ein und geh‘

Den letzten Rat befolge ich.

Da sich im Seifenspender keine Flüssigseife mehr befindet, lasse ich nur kurz das kalte Wasser, das aus einem kleinen Loch in der Blechwand kommt, über meine Hände laufen.

Draußen sehe ich, dass Thorsten den Kofferraum geöffnet hat. Auf dem Boden vor dem Wagen steht die Sporttasche von Shirin und zwei weitere. Thorstens Oberkörper ist in das offenstehende Wagenheck gebeugt. Ich nähere mich langsam. Seine linke und rechte Hand befindet sich in den Tiefen des Kofferraums.

„Hey“, sage ich, als ich den Wagen erreiche.

Thorsten sieht zu mir hinauf.

„Ah“, scheint er zu erschrecken. „Na? Alles gut gelaufen?“

„Kann mich nicht beschweren.“

Obwohl ich nicht interessiert daran bin, erneut ein Gespräch zu beginnen, frage ich:

„Und hier so?“

Thorsten lächelt mich an.

„Alles bestens. Alles unter Kontrolle. Christian sitzt im Auto, kannst dich ruhig schon reinsetzen, wenn du möchtest."

„Ja", sage ich, bewege mich aber nicht von der Stelle.

„Ich brauch nur was aus meinem Koffer. Hatte ich vergessen nach vorne zu packen."

Weil ich mich noch immer nicht bewege, sagt er:

„Na ja, ich dachte, ich hätte es irgendwo vorne eingepackt, habe aber grade nichts gefunden und hier ist ich noch ne ganze Menge drin. Kannst dich ruhig schon reinsetzen."

Mir fällt ein, dass er schon zu einem früheren Zeitpunkt seinen Koffer ins Gespräch brachte. Und als ich noch überlege, weshalb eigentlich, sagt er schon:

„Mit Pillen macht mir keiner was vor."

Dabei wühlt er zwischen den Pappschachteln in seinem Koffer, die ich im Schein der Kofferraumbeleuchtung erkennen kann, und schüttelt beständig seinen Kopf.

„Okay", sage ich.

„Ha! Da hab ich's!"

Er schließt den Koffer wieder, dann sieht er mich direkt an.

„Was ist los? Nicht so besorgt. Alles gut. Das ist nur Modafinil."

Ich nicke, kann aber offensichtlich meine Ahnungslosigkeit nicht verbergen, denn er setzt nach:

„Gegen Narkolepsie"

„Aha", sage ich.

„Exzessive, krankhafte Tagesmüdigkeit."

Ich ziehe die Augenbrauen hoch.

„Wird auch bei CFS oder ADHS angewandt."

„Aha", ich hebe meine rechte Hand und blicke zu Boden, um ihm zu verstehen zu geben, dass mich das nicht wirklich was angeht.

„Ja, nee", sagt er, „ich hab da nichts davon. Meine Klienten vielleicht, aber ich nicht. Ist nur Neuroenhancement für mich. Harmlos."

Dabei spricht er den ersten Teil des Wortes, ‚Neuro', auf Deutsch aus, den zweiten Teil in einem übertrieben englischen Dialekt.

„Für'n Kopf, weißt du. Ist leistungssteigernd."

Ich nicke.

„Ist auch nicht viel anders, als eine Packung Studentenfutter zu essen. Nüsse, Rosinen. Aber wer macht das schon? Ich sitze hier an der Quelle, und das ist definitiv keine schlechte Sache. Da gönn ich mir doch ab und an mal was Gutes."

Von hinten ruft Shirin:

„Was wird denn das?"

„Ach, da bist du ja", entgegnet Thorsten. „Wir dachten, dass du die letzten Kilometer läufst. Ist ja nicht mehr weit."

Darauf stößt er ein viehisches Lachen hervor. Er schlägt sich mit seiner rechten Hand auf den Oberschenkel, ringt sich noch einen Lacher ab und macht Laufbewegungen auf der Stelle.

„Nee, nee, keine Sorge, hatte nur was Wichtiges im Kofferraum."

Ich sehe wie eine gelbe Packung mit weißen Streifen in seiner Hosentasche verschwindet, dann helfe ich Thorsten, die Taschen einzuladen.

Als Shirin wieder auf den Rücksitz gekrochen ist, holt Thorsten die Packung aus seiner Tasche, drückt eine weiße Tablette aus dem Plastikstreifen und wirft sie sich in den Mund. Dann hält er mir den Plastikstreifen hin. Ich zucke mit den Schultern, sage ihm dann aber, dass ich froh sei, wenn ich schlafen könne. Nichts für ungut.

zwanzig

Noch 60 Kilometer bis zur Abfahrt. Ich nehme noch ein Baldrian-Dragee. Seit einer Stunde hat kein Insasse mehr etwas gesagt. Wir starren in Trance auf die Straße vor uns und beobachten rote Rücklichter oder entgegenkommende Lichtkegel auf der Gegenfahrbahn, die von uns durch einen Streifen aus Leitplanken und Hecken, der sich wie eine Wirbelsäule über die Autobahn legt, getrennt ist. Nur das Radio plätschert und trällert vor sich hin. Unterbrochen von Nachrichten und Ereignissen des Tages.

Wir hören von einer neuen Ameisenart, die in Brasiliens Urwald entdeckt wurde. Es sei die urtümlichste und primitivste Art, völlig blind und mit langen, dünnen Kieferzangen. 12.000 Ameisenarten seien bekannt, vermutlich gebe es bis zu 20.000.

Brigitte Nielsen und Berti Wollersheim feierten gemeinsam eine Wilde-Party-Nacht in Düsseldorf. Wollersheim nahm die „1,85-Meter-Blondine und drückte den frisch renovierten Körper an seine Brust".

Richard Wright, der Keyboarder von Pink Floyd, erlag im Alter von 65 Jahren einem Krebsleiden.

Josef S. aus dem bayrischen Ottobrunn muss sich wegen Kriegsverbrechen vor dem Oberlandesgericht München verantworten.

Ein Stromgenerator, ein Rasenmäher, eine Elektrosense und eine Heckenschere wurden in der Nacht vom Tierfriedhof Solingen entwendet.

Und dann wieder eine Nachricht über diese Investmentbank, deren Aktie in der vergangenen Woche 77 Prozent verloren hatte. Sie wolle Konkurs anmelden, heißt es aus der „anhaltend brodelnden Gerüchteküche. Eine Rettung durch Notverkauf schien greifbar, doch schließlich zogen Kaufinteressenten ihre Angebote zurück, weil ihnen das Risiko zu hoch erschien, nachdem die US-Regierung Staatshilfen kategorisch ausgeschlossen hatte."

Ich bilde mir ein, die Wirkung des Baldrian-Dragees zu spüren. Die Abfahrt liegt vor uns, und ich bin entspannt. Trockene Hände, lockere Beinmuskulatur und eine ruhige Nebelschicht um meine Wahrnehmung. Eine Stimme bahnt sich ihren Weg.

„Wo soll's denn rausgehen, der Herr?", fragt Thorsten mit gespitzten Lippen. Dabei schiebt er sein Brillengestell zurecht. Ich weiß nicht, ob er Wein-Christian oder mich meint, da er seinen Blick weiterhin auf die Straße richtet, und warte erstmal ab. Vielleicht fühlt sich Wein-Christian angesprochen. Von dem kommt aber nichts. Thorsten setzt mit einem

Blick in den Rückspiegel nach, der mir zu verstehen geben soll, dass ich der Angesprochene bin.

„Wo kann ich dich rauslassen?"

Vielleicht sollte ich noch weiterfahren.

„Direkt an der Ausfahrt", sage ich.

„Direkt nachdem ich abgefahren bin? Soweit ich weiß, ist da doch nichts."

Ich nicke.

„Ja, nee, da ist eine Verkehrsinsel. Da kannst du mich rauslassen."

Shirin dreht sich zu mir.

„Bist du dir sicher?", fragt sie.

„Ja, doch, alles bestens", sage ich, „ich werde dort abgeholt."

Thorsten nimmt die Abfahrt, ich stecke die Wasserflasche in meine Laptoptasche, die ich mir anschließend unter den Arm klemme.

„Na dann verabschiede ich mich schon mal", sage ich und klopfe Wein-Christian von hinten auf die linke Schulter.

„Gute Fahrt euch noch", nicke ich Shirin zu.

„Pass auf dich auf", sagt sie.

Thorsten hält direkt an der Verkehrsinsel. Von hinten kommt ein Wagen. Ich steige aus, gehe zur runtergelassenen Scheibe von Thorsten und sage:

„Da kommt was."

„Ja, hab ich schon gesehen."

„Wahrscheinlich hast du das", sage ich und drücke ihm die Geldscheine in die Hand. In die Mitte der

Scheine habe ich die Travel Pussy eingewickelt.

„Dank dir", sagt Thorsten.

„Viel Spaß dann", erwidere ich, als er bereits anfährt.

Durch die Scheibe nicke ich Shirin entgegen.

Ich weiß nicht genau, wie lange, aber es muss etwas mehr als eine Stunde sein, die ich schon auf der Verkehrsinsel sitze. Scheinwerfer rasen vor mir in beide Richtungen vorbei. Autos, die auf die Autobahn auf- oder von ihr abfahren, verringern ihre Geschwindigkeit, wenn sie auf meiner Höhe angekommen sind. Ich spüre die Blicke aus den Wageninnern, kann aber durch das Dunkel nichts erkennen. Nach weiteren 20 Minuten, in denen ich reglos auf der Verkehrsinsel sitze, greife ich in meine Laptoptasche und hole den Schokoriegel raus. Während ich beruhigend kaue, sind meine Augen auf das Schild auf der gegenüberliegenden Straßenseite geheftet. Links geht es in die nächstgrößere Stadt, rechts in den Ort, in dem ich aufwuchs. Ich lasse mich zurückfallen, liege jetzt ausgestreckt inmitten der Verkehrsinsel und beobachte durch die schnell ziehenden und in der Dunkelheit des Mondlichts aufleuchtenden Wolken die Sternbilder. Einen Himmel wie diesen habe ich schon länger nicht gesehen. Kein Licht, das vom Boden abstrahlt. Nichts, was den Blick verfälscht.

Mir ist, als sei ich kurz weggedämmert, nicht als sei die Zeit stehengeblieben, sondern vielmehr als habe sie ihren gemächlich unerbittlichen und doch unbesorgten Gang einfach fortgesetzt und mich irgendwo auf einer Verkehrsinsel stehen lassen. Ich schaue auf die Uhranzeige meines Handys. In dem Moment erwacht es mit einer schrillen Musikmelodie zum Leben und zeigt den Namen „Olaf" auf seinem Display. Ich zögere kurz, lass die Melodie noch ein wenig spielen. Er legt nicht auf. Ich nehme an.

„Hallo Olaf", sage ich.

Ein Räuspern.

„Hey, da bist du."

„Noch bin ich nirgends", sage ich mit gedämpfter Stimme als dürfe ich in der Dunkelheit nicht auffallen.

Ein LKW rollt polternd heran. Olaf beginnt in die Lautstärke des LKW zu sprechen.

„...komische Situation...", höre ich durch den Fahrlärm.

„...neue Erfahrung für mich...", höre ich.

„...ohne irgendetwas...", höre ich.

„...du kannst das ja auch...", höre ich.

Der LKW ist vorbei und im Hörschlitz des Mobiltelefons Stille.

„Was sagst du?", fragt Olaf nach kurzer Pause.

„Verdammt", rufe ich, „mein Bus geht. Ich muss los", und lege auf.

Zwei oder drei Minuten stehe ich reglos inmitten der Verkehrsinsel, dann fällt mir ein, dass es tatsächlich eine Bushaltestelle gibt. Hinten im Industriegebiet, hinter dem Verkehrsdamm. Ich schultere meine Laptoptasche, stecke das Handy ein und gehe an den vorderen Rand meiner Insel. Schweinwerfer fressen sich von links durch die Dunkelheit auf mich zu. Ich warte bis der Wagen vorüber ist, überquere dann die Bundesstraße und gehe direkt hinter dem Schild, das die Ortsentfernungen anzeigt, den künstlich angelegten Hang hinauf. Der Untergrund fühlt sich sandig an. Mehrmals rutsche ich weg bis ich auf allen vieren die Steigung emporklettere. Meine Hand greift in ein festeres Gewächs, ein stechender Schmerz durchzuckt meine Handfläche. Auf den Knien hockend betaste und massiere ich mit meiner linken die brennende Hand. Hinter mir rollt ein PKW die Autobahnabfahrt herunter, so dass seine Scheinwerfer den Hügel leicht erleuchten und eine Distel vor mir auftaucht. Das Auto biegt ab. Ich hocke wieder in Dunkelheit auf dem Damm. Die taube Hand schonend klettere ich leicht eingeschränkt die Steigung hinauf. Als ich oben ankomme, erstreckt sich vor mir ein dunkles Feld, an dessen Rand die Lichter des Industriegebiets die Szenerie erhellen. Die Reste eines Maisfelds liegen vor mir.

„Alles klar", sage ich in die Dunkelheit und schüttele meine schmerzende und gleichzeitig gefühlsneutrale Hand.

Einen Schritt vor den anderen. Den Lichtern entgegen. Die Erde unter meinen Füßen gibt manchmal nach. Manchmal rutsche ich bei der Übersteigung der übriggebliebenen Stoppel aus. Mit jedem Schritt, den ich mich nähere, merke ich, wie sich meine linke Hand anspannt. Meine rechte ist ohnehin gefühllos. Ich weiß, was jetzt kommt, und für den Bruchteil einer Sekunde geht mir der Gedanke durch den Kopf, einfach umzudrehen. Notfalls den ganzen langen Weg zurück über die Autobahn zu laufen. Immer geradeaus, nur nicht in diese Richtung. Während sich die Sehnen meines Arms verkrampfen, kriecht das Zittern hinab in meine Hand. Meine Lungenflügel verengen sich, meine Wangenmuskulatur schiebt Ober- und Unterkiefer aufeinander. Ich denke an die Baldrian-Dragees in meiner Tasche. Meine Beine beginnen steif zu werden. Mechanische kleine Schritte.

Und dann ist da plötzlich dieser Knall. Ein krachender Schlag, der hinter dem Verkehrsdamm, über den ich gekommen bin, in die Luft steigt und mir von hinten in den Körper fährt. Sauerstoff dringt in mich ein, meine Lunge füllt sich mit Luft und Staubpartikeln, und alles fällt von mir ab. Ich stehe in der Dunkelheit und spüre Muskeln, Sehnen, Fleisch. Unten von der Straße höre ich Autotüren. Ich höre lautes Fluchen. Wortschwalle.

Einen Schritt vorwärts. Zwei Schritte. Immer schneller dem Licht entgegen, nach dort hinten, wo diese verdammte Bushaltestelle sein muss. Ja, ich renne fast, als mich etwas am Hosenbein packt und mich zu Boden wirft. Das rechte Bein meiner schwarzen Nadelstreifenhose hat sich an einem Maisstoppel verfangen und ist bis zu meiner Wade aufgerissen.

einundzwanzig

Das Holzkreuz sei nur vorübergehend, ein Grabstein komme später, hatte man mir gesagt. Aber ich verstand nicht warum, und auch nicht, warum man diese Kiste in die Erde steckte und darauf Blumen pflanzen wollte. Das hier war nichts für mich. Aber alle waren da: Onkel, Tanten, Cousins, Cousinen und viele Menschen, die ich noch nie gesehen hatte. Und mein Vater schien der Anführer dieser schwarzen Gruppe zu sein. Alle versammelten sich um ihn, gaben ihm die Hand, nahmen ihn in die Arme, drückten ihn, klopften ihm sachte auf die Schulter und warfen mir solange mitleidige Blicke zu, bis ich mich hinter einem Familiengrabstein versteckte. Vielmehr erinnere ich nicht. Nur den Pfarrer mit Nickelbrille, der mich in meinem Versteck fand, sich zu mir beugte und mich in die Arme nahm. Ich legte meinen Kopf über seine Schulter, begann zu weinen und wusste nicht weshalb, nur, dass es richtig war.

Und die Stimme meines Vaters am Abend. Ein milder sonorer Klang auf der Kante meines Kinderbetts.

„Jetzt müssen wir noch enger zusammenstehen. Wir müssen uns anstrengen und immer unser Bestes geben. Mutter soll doch stolz auf uns sein."

zweiundzwanzig

Das gelbliche Licht an der Bushaltestelle flackert. Ein metallenes Sieb ist als Sitzbank an eine Plexiglasscheibe montiert. Mit eingerissener Hose sitze ich unter einem Schwarm Mücken und warte auf den letzten Bus des Tages, der in 15 Minuten kommt. Zumindest wenn der Fahrplanaushang, der sich unter der angeschmorten Plastikscheibe wellt, noch aktuell ist. Schräg gegenüber in ungefähr 150 Meter Entfernung sitzen zwei Frauen, Anfang 30, und warten auf den Bus Richtung Stadt. Die linke trägt Jeans, eine Camouflage-Blousonjacke und offene lange Haare. Die Frisur der rechten ist unter einem Kopftuch verborgen. Aus der Entfernung sehe ich die roten und blauen Farben des Stars-and-Stripes-Musters. Ich schaue auf meine erdverschmierten Schuhe und warte. In den vergangenen zehn Minuten hat nichts diese Straße passiert. Kein LKW, kein PKW, kein Fahrrad, niemand. Nur diese beiden Frauen und ich sitzen unter gelben Lichtern und warten. Ich hole den Notizblock aus meiner Laptoptasche. Innen an einer kleinen Schlaufe hängt ein kurzer Bleistift. Ich nehme den Stift in die Hand, aber mir fällt nicht ein, was ich schreiben will. Was ich sagen will. Die Notizen sollen meine Vorlage sein, für den Moment, in dem ich etwas sagen muss. Ich will mich vorbereiten, und ich will vorbereitet sein. Da ist keine Leere. Vielmehr sind es tausende Worte, die ungezügelt durch den Raum schwirren. Sie hinterlassen Spuren aber keine Zusammenhänge. Und ich will das alles ordnen. Ich setze die Mine des Bleistifts auf das Papier. Ich will den ersten Satz, das erste Wort, den ersten Buchstaben beginnen und bei der ersten Bewegung meiner rechten Hand bricht die Minenspitze. Ich halte den Bleistift vor meine Augen und betrachte ihn wie eine überraschend auftauchende Nagelkette auf der Straße. In dem Moment höre ich den Motor des Busses. Die beiden Frauen gegenüber stehen auf. Eine spuckt ihren Kaugummi auf den Asphalt. Der Bus kriecht um die Kurve, der kleinen abschüssigen Fahrbahn empor. Ich sitze auf dem löchrigen Metallstück und beobachte, wie er an der Haltestelle gegenüber zum Stehen kommt. Mit einem Zischen öffnen sich die Türen. Ein Blick auf den Bleistift und dann auf das Notizbuch. Die beiden Frauen steigen ein. „Hallo Georg", höre ich eine der beiden sagen. Ich lasse den Bleistift fallen, springe auf, stecke das Notizbuch in meine linke Jackettasche, greife mir das Band der Laptoptasche und sprinte in Richtung des Busses.

Schnaufend betrete ich den Bus. Der Fahrer trägt eine blaue Baseball-Kappe. Ich lege ihm ein Zwei-Euro-Stück auf seine Kassiermaschine. Er nickt, wirft die Münze in einen der Schlitze und gibt mir einen Fahrschein, den ich wohl etwas zu lang und zögerlich anschaue.

„Sitzplatzkarten haben wir hier keine", sagt Georg, der Fahrer.

Neben mir kichert ein weiblicher Teenager in Jeansjacke. Das Teenie-Mädchen sitzt, ihren Oberkörper vorgebeugt, in der ersten Reihe schräg hinter Georg. Ihre Unterarme stützt sie auf der Barriere vor ihr ab. Ich grinse zunächst das Mädchen an, dann den Fahrer.

„Wer die Wahl hat, hat die Qual", sagt er schulterzuckend.

Ich sage nichts.

Bis zu meinem Tod werden 461.782.349 Worte meine Lippen verlassen.

Und jedes Wort will irgendwo hin.

Als ich durch den Gang des weitgehend leeren Busses gehe, höre ich die Stimme des Mädchens hinter mir.

„Dein Job ist echt spannend."

Dann die Stimme Georgs: „Man trifft schon so einige Leute."

Der Bus setzt sich dröhnend in Bewegung.

Ich setze mich zwei Reihen hinter die beiden Frauen von der Bushaltestelle. Der Bezug der Sitze ist gelb-grün kariert. Mein Nachbarbezug ist in Auflösung begriffen, breite Fäden quirlen aus seiner Mitte. Vor mir – auf der Rückseite des Vordersitzes – klebt ein alter Kaugummi.

„Wolfgang hättest du mal sehen sollen", höre ich die mit dem Stars-and-Stripes-Kopftuch sagen. „Ich kenne ja deine Meinung über ihn. Deswegen musst du da gar nichts sagen. Der Typ ist wohl nicht ganz sauber. Nicht mit mir!"

Sie hält kurz inne. Fährt dann fort: „Ganz spurlos ist das nicht abgelaufen. Guck dir mal meine Fingernägel an!"

Sie streckt ihre rechte Hand in die Luft. Von hinten erkenne ich die silbernen Sterne auf den langen Nägeln ihres Ringfingers und des kleinen Fingers. Die restlichen Nägel sind kurz und ohne Farbe.

„Drei Stück hab ich dabei verloren", sagt sie.

Wir fahren über unbeleuchtete Landstraßen. Die dunkle Scheibe wirft das Bild meines verschwommenen Profils zurück. Gerade als ich nach dem Notizblock suche, fällt mir der kleine rote Nothammer in der Mitte der beiden Fensterscheiben neben mir auf. Der furchige Griff ist von einem Haltebogen umspannt, sein Kopf mit dem metallenen Stück steckt in einer schwarzen Plastikhalterung. Unter dem Nothammer ist eine Plakette angebracht.

„Missbrauch strafbar | Missuse Will Be Punished | Tout Abus Sera Puni | Ogni Abuso Verra Punito"

dreiundzwanzig

Am Berliner Platz speit mich das Blechgehäuse des Busses aus. Ich weiß nicht, was dieser Platz mit Berlin zu tun hat, hier ist er der zentrale Ort für alle Buslinien. Für alle fünf Buslinien. Gegenüber schläft eine verlassene Behördenruine. Zerschlagene Scheiben, gesprayte Tags an der Fassade. Ein Abrisskran thront bewegungslos im Dunkel. Das Gelände ist von einem zwei Meter hohen Holzzaun umgeben. Sprayer haben an ihm einen Tyrannosaurus Rex, einen Basketballer, der seinen Ball im Korb versenkt, eine Frau in Sommerkleid, einen Skateboarder, eine Parklandschaft, einen Hund, der sein Bein zum Urinieren hebt, und mehrere Dollarscheine hinterlassen. In God We Trust. Neben mir warten mehrere Paare auf den nächsten Bus. Manche halten sich in den Armen, manche stehen stumm nebeneinander. Auf einer Bank hinter mir liegt ein Mann und schläft. Seine Schuhe stehen ordentlich unter der Sitzreihe. Hingestellt und eingeschlafen.

Das Gesicht der Stadt ist die Fratze der 50er- und 60er-Jahre, des schnellen Wiederaufbaus, der Funktionalität. Drei historische Gebäude, zwei erhaltene Straßenzüge. In einen werde ich gehen. Mein Mobiltelefon klingelt.

Ich zögere, nehme es dann aber aus meiner Hosentasche. Olafs Name erscheint auf dem Display. Und obwohl ich ihn wegdrücken will, geht mein Finger automatisch auf die grüne Taste.

„Hallo?", höre ich.

„Hallo Olaf", sage ich, während sich meine Hand um den Hörer krampft.

„Und? Alles gut?", fragt er.

„Alles bestens."

Ein stechender Schmerz durchzuckt meine Stirn.

„Ja, weißt du, bei mir nicht so."

Und dann höre ich, wie er einatmet, wie er zu einer längeren Ausführung, zu einem Monolog ansetzen will, aber er kommt nur bis „Es ist so...", und dann falle ich ein, irgendwie laut dazwischen und poltere:

„Pass auf, nein, entschuldige, ich muss los, bis dann."

Und lege auf.

Nachdem ich das Handy wieder in meine Hosentasche gesteckt habe, schaue ich mir noch ein paar Minuten das weit aufgerissene Maul des Tyrannosaurus Rex an. Dann gehe ich los.

„Wer? Ach was, das gibt's doch gar nicht", tönt Michael aus der Gegensprechanlage.

Die Namenschilder sind von hinten diffus beleuchtet. Links und rechts des Wegs, der zur Haustür des imposanten Gebäudes führt, sind kleine Gärten angelegt. Inmitten des Rasenstücks auf der linken Seite steht eine Zierkirsche, auf der rechten Seite sind verschiedene Blumenarten kreisrund in mehreren Reihen angeordnet. Zwei hüfthohe Betonpfeiler, in die Blumenmuster eingraviert sind, stehen am Eingang des Wegs. Auf deren oberen Ende befindet sich jeweils eine beleuchtete Glaskugel, die ihr mattes Licht in die Dunkelheit gibt.

Die kopfsteingepflasterte Straße ist menschenleer. Eingeparkte Wagen unter alten holländischen Linden.

Die leicht verzerrte Stimme durchbricht das Stillleben.

„Na, dann komm mal hoch!"

Ein weißer Flokatiteppich.

„Wie lange ist das wohl her?"

Meine Socken vergraben in der Wolle.

„Das sind ja mindestens sechs Jahre."

Meine Hände auf dem Leder.

„Was ist mit deiner Hose passiert?"

Meine Schuhe im Flur auf den Pitchpinedielen.

„Roter oder weißer Wein?"

Links und rechts entlang des zehn Meter langen Flurs stehen kleine Tische. Beistelltische. Selbstgebaute. Aus Draht. Aus Holz. Aus Dosen. Aus Plastik. Aus alten Schuhen.

Michael stellt die Gläser und die Flasche auf den ovalen Glastisch, der auf dem Flokatiteppich und vor dem schwarzen Ledersofa steht, auf dem ich sitze.

Wir trinken.

Ich sage ihm, dass es mir leidtue, ich mich eher mal hätte melden müssen, man aber so beschäftigt sei im Alltag und ich froh sei, dass er jetzt so spontan zuhause sei.

Hinter ihm die offene Wohnküche, die silbern glänzende Abzugshaube, das Weinregal. Alles sieht unbenutzt aus. Alles Staffage. Hinter mir die Wendeltreppe in das Stockwerk darüber. Zwei weitere Zimmer. Jede Etage 60 Quadratmeter.

„Weißt du noch, Eva? Die hatte immer losgeplärrt, wenn's mal ne schlechtere Note war."

Ich nicke.

„Und hast du das von Fabian gehört? War doch damals schon offensichtlich, dass der eher auf Männer steht."

Ich zucke mit den Schultern.

„Zu mir meinte er mal, dass es doch ganz normal sei, sich in beide Richtungen auszuprobieren."

Er schüttelt seinen Kopf.

„Prost, mein lieber."

Wir stoßen zum wiederholten Male an.

Weil es um die guten alten Zeiten geht, sage ich: „Du hast ja auch ganz gerne während Klausuren mal nach Formulierungen auf meinem Blatt gesucht."

Er schaut mich überrascht an.

„Macht ja nix", sage ich, „mir war das immer egal." Ich zucke die Schultern.

„Am Ende hattest du immer einen Punkt weniger als ich. Im Zeugnis dann aber ne Note besser."

Er schaut mich noch immer mit dem gleichen Ausdruck an. Schweigen.

Ich nicke. Grinse. Proste ihm zu.

Michael öffnet die zweite Flasche.

Ich erzähle ihm, dass ich meinen Vater besuche, dass ich mich auf ihn freue, dass ich mit meinem Arbeitskollegen Olaf viel Spaß in der Agentur habe, dass wir zwar viel arbeiten müssen, das aber gerne tun.

„Abschreiben war noch nie mein Stil", sagt er.

Ich benutze die Toilette. Sie ist freischwebend an dem Panoramamuster der Wand befestigt. Ein Spiegel über die gesamte Länge der Wand hinweg. Mein Darm drückt. Hart, alles ist hart. Schweiß auf meiner Stirn. Ein stechender Schmerz, tropfender Schweiß. Ich beobachte mich selbst auf der Toilette. Blass und verschwitzt. Und nachdem sich der Krampf gelöst hat, wieder Blut am Toilettenpapier. ‚Moll' ist auf das Papier gedruckt. Melancholie am Arsch.

Bis zu meinem Tod werde ich 3651 Rollen Toilettenpapier verbraucht haben.

Mein Gesicht über dem Waschbecken. Ich spritze mir kaltes Wasser auf die Stirn, an die Wangen, atme tief durch, ziehe mein Hemd straff und gehe wieder in den Flokatiraum. Vorbei an den Beistelltischen.

„Und du so?", frage ich, als ich den Raum betrete.

Er grinst, schaut mich an.

„Noch immer von Beruf Sohn?"

Kopfschütteln, ein Laut des Unmuts.

„Stimmt schon", sagt er, „ich bin offiziell noch in der Firma meines Vaters angestellt."

Ich proste ihm zu, trinke das Weinglas auf einmal aus. Ich nehme die Flasche und schenke uns beiden nach.

„Familienunternehmen sind schon ne tolle Sache", sagt er. „Wusstest du, dass Carl Wilhelm Edding seine Firma 1960 mit nur 1000 Mark Startkapital gegründet hat?"

Ich schüttle den Kopf, nehme einen Schluck.

Er grinst. Ich räuspere mich.

Ich sage: „Alexander Falk hat vier Jahre wegen Betrugs und Bilanzfälschung bekommen."

Ich stelle das Glas auf den Tisch, streiche mir über das Jackett. Schweigen.

„Ein guter Wein, nicht wahr?", sagt er.

Ich erhebe das Glas.

„Ich hab jetzt was Eigenes", sagt er.

Wir stoßen an.

„Mein Einkommen mach ich an der Börse. Ich hab ganz gute Zertifikate, Wertpapiere. So'n Zeug."

„Und das läuft?", frage ich.

„Sicher, wenn man weiß wie."

Ich lehne mich vor.

„Heute lief da was im Radio. Eine große amerikanische Investmentbank ist in Schwierigkeiten…"

Er zuckt mit den Schultern, lehnt sich zurück.

„Das betrifft mich nicht. Ist ein todsicheres Ding mit der Börse."

Ich nehme einen weiteren Schluck.

„Außerdem mache ich jetzt Kunst", sagt er.

„Du bist im Kunstgeschäft?"

„Nein, ich stehe auf der anderen Seite. Ich mache sie."

Ich nicke.

„Und was so? Kann man da was sehen?", frage ich.

Er grinst.

„Aber ja doch!"

Er deutet mit seinem Zeigefinger in den Flur.

„Du hast sie bereits gesehen."

Ich blicke in den Flur. Beistelltische.

„Das sind meine Babys", sagt er.

Ich stehe auf, gehe zur offenen Tür, die in den Flur führt.

Die Beine des vorderen Tischs sind abgesägte Abflussrohre, seine Fläche ist ein altes Skateboard.

„Verkaufst du die?", frage ich.

Der zweite sichtbare Tisch ist eine umgedrehte Bierkiste, auf ihr eine Styroporplatte, auf der eine aufgeklappte Toilettenbrille liegt. An der Seite hängt ein kleiner Galgen, in dessen Schlaufe die Mattel-Figur He-Man.

„Ich suche noch eine Galerie, bin mit einer in Kontakt."

Ein dritter Tisch besteht fast vollständig aus Konservendosen. Hauptsächlich Ravioli. Vermischt mit Erbsen- und Möhrengemüse. Die Tischplatte ist die ehemalige Sitzfläche eines alten Bürostuhls. Der fleckige Bezug ist teilweise aufgerissen.

„Das ist … gut", sage ich. „Kann man die denn als Tisch verwenden?"

Ein Zischlaut von Michael. Ich gehe wieder zum Ledersofa.

„Niemand verwendet Kunst!"

Ich nicke verständnisvoll, nehme mein Glas, fülle uns beiden nach.

„Weißt du", sagt Michael, „ich hatte das schon länger gefühlt. Ich wusste, dass ich sehr kreativ bin. Ich hab nur nach dem richtigen Ausdruck gesucht. Die Tische sind einzigartig."

Eine kurze Pause.

„Nein, sie sind mehr als das. Sie sind Unikate."

Ich trinke.

„Und ein Ausdruck meiner selbst."

Ich nicke.

„Es ist fantastisch, kreativ zu sein."

Er lehnt sich vor.

„Aber ich glaube, es ist eine Gabe. Man muss dieses Talent freilegen können. Die Tische sind Ausdruck meiner erfolgreichen Persönlichkeit."

Meine rechte Hand verspannt sich.

Er grinst, nickt, trinkt einen weiteren Schluck.

Meine Beine versteifen sich.

Er lehnt sich zurück.

Meine Lungenflügel verkrampfen.

„Puh", macht er.

Ein leichtes Zittern kriecht über meinen Oberkörper.

„Jetzt muss ich aber echt mal für kleine Tiger."

Kalter Schweiß an meinem Rücken.

„Ich geh mal kurz nach oben ins Badezimmer."

Meine linke Hand verkrallt sich im schwarzen Leder.

„Entspann dich", sagt Michael, während er den Raum verlässt.

Ich versuche zu atmen. Gleichmäßig, ruhig. Atme, atme. Langsam.

Meine Zähne reiben aufeinander. Meine Wangenknochen treten hervor.

Atme. Langsam.

Meine Zehen drücken fest in die Fusseln des Flokatiteppichs.

Atme. Langsam.

Ich springe auf, nehme das Jackett vom schwarzen Ledersofa, streife es mir über, hänge mir die Laptoptasche um den Oberkörper, gehe in den Flur und ziehe die Schuhe an. Dabei berühre ich ihn. Er schlägt mir an die Hüfte.

Der Notfallhammer aus dem Bus. In meiner Jacketttasche.

Ich stehe erstarrt, dann fährt meine Hand langsam in die Tasche.

Und ich sehe vor mir wie Dosen fliegen. Draht, Wäscheleine.

Plastikteile, die He-Man-Figur, alte Schuhe.

Abflussrohre, Styroporfetzen.

Doch bevor ich meine Hand aus der Jackettasche ziehe, erhalte ich eine SMS: „Thorsten gab mir deine Nummer. Ich hoffe, das ist okay für dich."

Sauerstoff füllt meine Lungenflügel.

„Wenn du deinen Kram hier unten erledigt hast und wieder zurück bist, können wir uns vielleicht mal auf ein Getränk treffen."

Ich atme.

„Würde mich freuen."

Luft strömt in meinen Körper.

„Jetzt kümmer dich erstmal um deine Sachen."

Wärme.

„Grüße Shirin"

Und als die Haustür hinter mir ins Schloss fällt, weiß ich, dass es Zeit ist zu gehen.

vierundzwanzig

Die Straßen sind menschenleer.

Hingestellt und eingeschlafen.

Eine Katze schreit von irgendwoher. Klagelaute in der Nacht. Ich muss zurück zum Berliner Platz. Ich weiß, dass um diese Uhrzeit keine Linienbusse mehr fahren, aber auch für Taxen ist der Berliner Platz eine zentrale Stelle. Meine Schritte fühlen sich leicht an. Vorbei an müden Häusern, zugezogenen Gardinen, flackernden Straßenlampen. Vorbei an dunklen Vorgärten, leerstehenden Geschäftsräumen, geschlossenen Garagentüren. Vorbei an aufgerissenen Straßen, abgestellten Ampeln, ausgedienten Parkuhren. Leichte Schritte, ein leichter Gang und vor mir der Berliner Platz.

Niemand ist dort. Keine Paare mehr. Auch der Mann, der noch zuvor auf der Bank schlief, ist weg. Keine Schuhe mehr. Und keine Busse mehr. Aber auch keine Taxen. Nur ich.

Ich gehe in die Mitte des Platzes. Niemand ist auf der Straße, nichts bewegt sich. Ich warte, ich stehe und warte. Zehn Minuten. Aber kein Auto kreuzt die Straße, kein Fußgänger, kein streunender Hund. Zwanzig Minuten. Kein Taxi.

Ich werde unruhig, beginne entlang des Platzes auf- und abzulaufen. Betont langsam. Nach weiteren fünf Minuten beginne ich, leise zu pfeifen. Irgendeine strukturlose Melodie. Obwohl ich nicht pfeifen kann, behalte ich das Gepfeife für die nächsten Minuten bei. Immer noch kein Auto, kein Passant, kein streunender Hund. Nichts. Dafür setzt leichter Nieselregen ein.

Ich bleibe stehen und schaue nach oben in den Nachthimmel. Die Regentropfen benetzen mein Gesicht. Langsam rinnt mir das Wasser über die Stirn, über Wangen und Lippen. Beim Versuch meine Arme hinter dem Rücken zu verschränken, stoße ich gegen die Laptoptasche.

Gegen die Laptoptasche mit dem Notizbuch darin.

Und dann wird es mir wieder klar.

Ich muss mich vorbereiten. Meine Gedanken ordnen. Worte finden. Ja, bis zu meinem Tod werde ich 461.782.349 Worte gesprochen haben. Aber woher soll ich wissen, ob es die richtigen gewesen sind?

Ich schaue nach links, schaue nach rechts. Niemand. Die Straßen sind nach wie vor leer. Dann fällt mir die „Oase" ein. Die „Oase" ist immer geöffnet. Und sie liegt nur wenige Gehminuten von hier entfernt.

In dem großen Schaufenster zur Straße hin stehen Palmen. Vertrocknete Palmen. Dahinter hängen vergilbte Gardinen, durch die bräunliches Licht tritt. Das Leuchtschild „Oase" ragt über den Gehweg. Neben dem Schriftzug ist das Emblem des lokalen Bierbrauers aufgezeichnet.

Ich ziehe an dem hölzernen Türstock, der sich horizontal über die Mitte der Tür erstreckt und betrete den dämmrigen Raum. Ein paar dunkle Sitzecken rechts und links entlang des Lokals, an denen niemand sitzt. Hufeisenförmig ruht in der Mitte des Raums die Theke. Davor Barhocker mit dunkelrotem Lederimitatbezug. An der Decke über der Theke hängt in der gleichen Hufeisenform angeordnet eine Lichterkette. Hundert kleine Lampen. Ein Drittel davon leuchtet nicht mehr.

Ich gehe zur Theke, setze mich auf einen Barhocker und hole das Notizbuch aus meiner Laptoptasche.

Die Barfrau hinter der Theke ist um die 50, trägt einen blonden Kurzhaarschnitt mit dunklen Strähnen. Ihre Tränensäcke haben sich tief in ihr Gesicht eingegraben. Während sie ihre Hand mit der Zigarette zum Mund führt, mustert sie mich unablässig. An Mittel-, Ring- und kleinem Finger trägt sie jeweils einen Goldring. Um ihren rechten Handknöchel baumelt eine silberne Kette.

Ich nicke ihr zu, sage: „Ich nehm ein Bier!"

Sie bläst wortlos Rauch aus, legt ihre Zigarette in einen Aschenbecher und geht zur Zapfanlage am

Ende der Theke. Zwei Hocker rechts von mir sitzt ein Mann in Jeansjacke. Haarsträhnen kleben an seiner Stirn. Sein Blick ist geradeaus nach nirgendwo gerichtet. Er raucht, trinkt Bier. Außer uns beiden sitzt niemand an der Theke. Und außer dem Mann, der links hinten im Raum auf einem Barhocker vor einem Spielautomaten sitzt, ist auch niemand mehr in der „Oase".

Die Barfrau stellt ein Glas Bier vor mir auf die Theke.

„Haben Sie vielleicht einen Kugelschreiber?", frage ich.

Sie nimmt die Zigarette aus dem Aschenbecher, zieht an ihr. Mustert mich.

„Willste dir meine Telefonnummer notieren, Schätzchen?"

Ihre Stimme ist rau und trocken und knarzt bei den Vokalen.

Ich grinse, zucke mit den Schultern.

Sie dreht sich zur Seite, zieht aus einem Spielwürfelbecher einen Kugelschreiber und legt ihn vor mich.

Ich nehme einen Schluck aus dem Glas.

Sie bläst Rauch in meine Richtung, stellt sich dann wieder an die Seite des Hufeisens und beobachtet den Spieler in der Ecke des Raums.

„Du sitzt aufm Trocknen", knarzt sie.

Ohne sich umzudrehen, hebt der Spieler seinen Arm und nickt. Das Zeichen für die Barfrau zur Zapfanlage zu gehen.

Ich schlage mein Notizbuch auf.

Die leere Seite vor mir.

Ich klicke auf den Kugelschreiber.

Ich nehme einen Schluck aus dem Bierglas.

Blicke auf das Notizbuch.

Nehme einen Schluck.

Klicke den Kugelschreiber.

Nehme einen Schluck.

Klicke den Kugelschreiber.

Nehme einen Schluck.

Die Barfrau bringt das Bier zum Spielautomaten.

Blättere eine Seite weiter.

Blättere wieder zurück.

Klicke den Kugelschreiber.

Nehme einen Schluck.

„Du bist mir ja ein schöner Poet", sagt eine Stimme von rechts.

Ich grinse den Mann mit der Jeansjacke an, nicke ihm freundlich zu.

Die Melodie des Spielautomaten fällt lautstark in den Raum. Ein Freudenschrei.

„Oasenpoesie", sagt der Mann auf dem Hocker rechts von mir. Er wischt sich seine Strähnen aus der Stirn.

Münzenklimpern von hinten.

Ich klicke auf den Kugelschreiber und lege ihn auf den Tresen. Dann klappe ich das Notizbuch zu.

Der Mann rückt zwei Hocker auf, sitzt jetzt direkt neben mir und erhebt sein Glas. Wir stoßen an. Nachdem wir unsere Gläser wieder abgestellt haben, sitzen wir schweigend nebeneinander und blicken geradeaus ins Nichts.

„Also", sagt er plötzlich, „was gibt's, mein Junge?"

Und obwohl ich kurz von der Frage überrascht bin, habe ich das Bedürfnis zu reden, einen Wortschwall abzusondern, Laute auszuspeien bis keine Luft mehr vorhanden ist. Ich will ihm von meinem Leben erzählen, von Zeit und keiner Zeit, von Tagen und Nächten, von meiner Fahrt hierher, dem Grund, weshalb ich hier bin. Von meiner Mutter. Meiner Mutter und meinem Vater. Und dass ich ihn vermisse, dass ich mit ihm reden möchte, dass ich Worte finden möchte. Worte, die ich in meinem Notizbuch festhalten will, so dass sie nie mehr verloren gehen können.

Ich öffne meinen Mund, und die Glücksmelodie des Automaten ertönt erneut. Also atme ich nur aus. Ich schüttle meinen Kopf. Ich zucke mit den Schultern.

Ich sage: „Nichts Besonderes."

Er nickt, sagt: „So ist das wohl."

Dann dreht er sich in Richtung des Automaten und ruft: „Bea, machst du uns noch zwei Bier?"

Wir sitzen schweigend nebeneinander, während Bea neue Gläser aus dem Regal holt, die Zapfanlage bedient, den Schaum abgießt.

Er streicht sich über seinen Bauch.

„Ich hab ein paar Pfunde zu viel."

Ich zucke die Schultern.

Bea stellt zwei Biergläser vor uns auf die Theke und nickt uns beiden zu.

„Ihr seid mir ja zwei Süße", knarzt sie uns an.

Mein Sitznachbar schnalzt mit der Zunge und zwinkert ihr mit dem rechten Auge zu.

Bea geht zurück in Richtung des hinteren Thekenbereichs und fügt zwei Striche auf einen Zettel hinzu.

Wir schweigen.

Dann dreht mein Sitznachbar seinen Kopf in meine Richtung.

„Für Menschen wie mich wurden die Erotik-Videotheken an Autobahnraststätten erfunden", sagt er.

Wir stoßen an.

„Ich bin Fernfahrer. War noch nie in so 'ner Videothek."

Er stellt das Bierglas wieder auf den Tresen.

„Als Fernfahrer kommt man viel rum. Nicht, dass ich immer Fernfahrer werden wollte, hat sich einfach ergeben."

Er nickt.

„Du triffst viele andere Fernfahrer. Irgendwann immer die gleichen Gesichter. Die gleichen Raststätten. Viele Fahrer haben DVD-Spieler in ihren Kabinen."

Bea sitzt inmitten der Hufeisenform mit einem Block auf dem Schoß. „Rätselspaß" steht darauf.

„Die nutzen diese Videotheken auch. Und reden später drüber. Auch über Funk."

Bea klopft sich mit einem Kugelschreiber gegen die Schneidezähne.

„Hat mich tatsächlich nie interessiert. Wollte meine Kabine immer sauber halten."

Er trinkt einen Schluck.

„Damit meine ich nicht hygienisch sauber, so ohne Bakterien und so'n Zeug."

Bea streicht Zahlen auf einer Seite des Blocks durch.

„Ich meine sauber und fern von Dingen, die dort einfach nicht hingehören, weil sie nicht zu mir gehören. Nicht alles, was geht, ist auch gut für einen."

Sie reißt die Seite aus dem Block.

„Auch Prostituierte gibt es nachts an einigen Raststätten, kann ich dir sagen."

Ich halte meinen Blick geradeaus gerichtet.

„Die werden auch nicht arbeitslos."

Wir trinken beide.

„Die eigene Kabine hat auch was mit Selbstachtung zu tun."

Bea kratzt sich mit dem Zeigefinger der rechten Hand in der Ohrmuschel.

„Kollegen von mir sagten, ich sei schwul oder asexuell. Das haben die auch gerne mal rumerzählt."

Er schüttelt den Kopf.

„In meinem Alter würde ich sowieso keine mehr abkriegen."

Er nimmt sein Bierglas in die Hand.

„Na ja, dann hab ich Sumita getroffen. Gebürtige Thailänderin."

Ich ziehe die Augenbrauen hoch.

Er trinkt.

„Ich weiß, was du jetzt denkst."

Bea reißt eine weitere Seite aus ihrem Block.

„Sumita ist das Beste, was mir je passiert ist. Wir sind seit fünf Jahren zusammen, haben eine zweijährige Tochter."

Ich nicke den Tresen an.

„Wir sind glücklich. Sehr sogar."

Er zuckt mit den Schultern, schaut auf den Tresen.

„Ich war noch nie in Thailand."

Er schüttelt den Kopf.

„Und ich hab' auch noch nie in einem Katalog oder sonstwo ne Frau bestellt."

Er dreht seinen Kopf zu mir, grinst mich an. Und auch ich kann nicht anders als seinen Blick zu erwidern.

„Aber genau das denken sie."

Er lächelt.

„Die meisten Menschen erkennen nur das, was sie bereits zu wissen glauben."

Jetzt lächle auch ich und erhebe mein Glas.

„Es gibt unendlich viele Formen von Liebe. Und ebenso viele Ausdrucksformen dafür. Manche davon sind eben etwas ungeschickter als andere."

Wir stoßen an, und noch in das Klingen des Glases fragt mich mein Sitznachbar: „Wusstest du, dass sich Schnecken nur einmal im Leben paaren? Das kann dann allerdings bis zu zwölf Stunden dauern."

Mit nur einem Schluck trinke ich das Glas aus, springe von meinem Hocker auf, lege einen Schein auf die Theke und nicke Bea zu. Dann nehme ich das Notizbuch in die Hand, schaue es kurz an und lege es wieder zurück auf den Tresen. Und bevor ich die „Oase" verlasse, drücke ich meinem Sitznachbar einen Kuss auf die Wange und sage: „Danke".

fünfundzwanzig

Ich gehe, ich laufe, ich jogge durch die Straßen dieser Stadt. Auf der Suche nach einem Taxi, das mich dorthin bringt, wo ich erwartet werde. Und wo ich sein möchte. Die eingerissene Hose fliegt bei jedem Schritt wie die Flügel eines Schmetterlings durch den Nieselregen. Von hinten schlägt mir die Laptoptasche an die Hüfte. Und ich renne. Planlos. Irgendwo muss doch noch jemand sein. Im Licht der Straßenlaternen sehe ich die Nässe in der Luft. Der feuchte Boden reflektiert den Schein. Und ich gehe, ich laufe, ich jogge durch die Straßen dieser Stadt. Und dann bleibe ich plötzlich stehen.

Ich hole das Handy aus der Tasche und wähle Olafs Nummer. Aber es dauert, er geht nicht ran. Nur die Mailbox. Ich lege auf. Drücke die Wahlwiederholung. Es klingelt und klingelt und klingelt. Ich lege auf. Im Nieselregen drehe ich mich einmal um mich selbst. Auf der gegenüberliegenden Straßenseite sehe ich ein an einen Bauzaun gekettetes BMX-Rad. Ich drücke erneut die Wahlwiederholung. Und diesmal, nach dreimaligem Ertönen des Klingeltons, nimmt er ab. In seiner Stimme liegt noch die Schwere des Schlafs. Und er wundert sich, warum ich anrufe, und dann noch zu dieser Zeit. Er sei wohl grade im Tiefschlaf gewesen und froh darüber, dass er überhaupt schlafen könne. Aber er sei auch irgendwie froh, dass ich anrufe, weil er noch eine Frage habe. Mehr kann er nicht sagen, weil ich nun beginne zu reden. Ich sage ihm, dass an dieser Phrase, dass morgen ein neuer Tag sei, vielleicht ja was dran wäre. Dass morgen vielleicht ja schon die Karten neu gemischt sein könnten. Und dass es doch nun einmal Tatsache sei, dass man morgens immer wieder aufs Neue anfängt. Mit was auch immer. Genauso funktioniere das. Das könne einem keiner nehmen. Und ich sage ihm, dass ich das Gefühl hätte, dass morgen etwas Geschehe, dass morgen ein ganz besonderer Tag sei.

„Babys können bis zum sechsten Monat gleichzeitig atmen und schlucken", sage ich. „Ist das nicht großartig?"

Dann lege ich auf.

Ich stehe im Nieselregen und könnte die Auskunft anrufen. Ich könnte nach einem Taxidienst fragen. Ich könnte mir ein Taxi genau hierher bestellen, genau an diesen Ort, an diese Stelle. Aber ich stecke das Handy in meine linke Jackettasche und gehe über die leblose Straße.

Der Bauzaun ist leicht nach innen gebogen. Hinter ihm in einer Parkbucht auf der Straßenseite liegen Metallrohre. Sonst nichts. Keine schweren Geräte, kein Graben oder Loch. Ich stehe auf der Gehwegseite des Bauzauns, schaue nach unten. Mein Hosenbein ist jetzt fast bis zum Knie eingerissen.

Aus meiner rechten Jackettasche nehme ich den Notfallhammer. Und ich schlage. Ich hole aus und schlage. Zweimal, dreimal, viermal. Der Nieselregen pflückt den Schall aus der Luft. Fünfmal, sechsmal. Und das genügt schon. Das rostige Schloss springt auf, und die Kette fällt auf den Teer vor meinen Füßen.

Ich lege den Notfallhammer neben das Schloss und lehne die Laptoptasche an den Bauzaun. Dann wickele ich mir den Stoff der Hosenbeine hoch bis zu den Kniekehlen, schiebe das BMX-Rad auf die Straße, hole Schwung und trete in die Pedale.

Ich fahre über die leeren Straßen dieser Stadt, über Kreuzungen mit abgestellten Ampeln, über den aufgerissenen Asphalt. Weiter und immer weiter. Und aus der Stadt heraus.

Über eine Landstraße im Nieselregen.

Kilometer um Kilometer.

Über den Radweg durch das Waldstück.

Vorbei an Feldern und Teichen.

Das Jackett zappelt in der Luft, das Hemd klebt an meinem Oberkörper.

Eine sich durch die Dunkelheit schlängelnde Landstraße.

Die Pedale kreisen. Weiter und immer weiter.

Kilometer um Kilometer.

Meine Oberschenkel brennen. Aber das interessiert mich nicht.

Das Hinterrad schleudert Wasser von der Straße auf den Rücken meines Jacketts.

Und dann tauchen die ersten Lichter vor mir auf. Das kleine Tal schummrig beleuchtet.

Ich trete schneller.

Es strömt durch alle Venen und Adern.

Ich trete schneller.

In der Dunkelheit kann ich das gelbe Ortsschild erkennen.

Die ersten Häuser, Hofeinfahrten.

Weiter und immer weiter.

Und dann biege ich in die Straße, die direkt zu dem Haus führt.

Es pocht im ganzen Körper.

Ich finde den Weg.

Und ich weiß, als das Rad die letzten Meter zurücklegt, dass ich bis zu meinem Tod 105.372 Träume erlebt haben werde. Aber um Träume geht es hier wirklich nicht.

FSC
www.fsc.org
MIX
Papier | Fördert
gute Waldnutzung
FSC® C083411

Zeitfracht Medien GmbH
Ferdinand-Jühlke-Straße 7
99095 Erfurt, Deutschland
produktsicherheit@kolibri360.de